16 X 549

EX LIBRIS

NOMBRE

✳ Una serie de catastróficas desdichas ✳

Tercer LIBRO

EL VENTANAL

de **LEMONY SNICKET**

Ilustraciones de Brett Helquist

Editorial Lumen

*

Título original: *The Wide Window*
Traducción de Néstor Busquets
Publicado por Editorial Lumen, S.A.,
Ramon Miquel i Planas, 10
08034 Barcelona.

Reservados los derechos de edición en lengua
castellana para todo el mundo.

© Lemony Snicket, 2000
© de las ilustraciones: Brett Helquist, 2000
© de la traducción: Néstor Busquets, 2002

Primera edición: 2002
Impreso en: A & M Gràfic, S.L., Santa Perpètua de Mogoda.
Depósito legal: B. 67-2002
ISBN: 84-264-3742-7
Printed in Spain

*

Para Beatrice.
Desearía fervientemente que estuvieras viva y bien.

Si no supieseis mucho acerca de los huérfanos Baudelaire y los vieseis sentados encima de sus maletas en el Muelle Damocles, quizás pensaríais que están a punto de emprender una emocionante aventura. Después de todo, los tres niños acababan de desembarcar del ferry *Veleidoso*, que les había llevado a través del Lago Lacrimógeno, para vivir con su tía Josephine y, por lo general, esa circunstancia hubiera sido el principio de una época endiabladamente buena.

Pero, evidentemente, estaríais terriblemente equivocados. Porque, a pesar de que Violet, Klaus y Sunny Baudelaire estaban a punto de experimentar sucesos excitantes y memorables, no iban a ser tan excitantes y memorables como lo es que te predigan tu futuro o asistir a un rodeo. Su aventura iba a ser excitante y memorable como ser perseguido por un hombre-lobo a través de un campo de matorrales espinosos a medianoche sin nadie cerca para acudir en tu ayuda. Si estáis interesados en leer una historia llena de momentos endiabladamente buenos, siento informaros que estáis leyendo el libro equivocado, porque los Baudelaire experimentan muy pocos momentos buenos a lo largo de sus vidas tristes y miserables. Su infortunio es algo terrible, tan terrible que casi no me veo capaz de escribir al respecto. Así que, si no queréis leer una historia de infortunio y tragedia, esta es la última oportunidad para dejar el libro, porque la miseria de los huérfanos Baudelaire empieza en el párrafo siguiente.

—Mirad qué tengo para vosotros —dijo el señor Poe con una sonrisa de oreja a oreja mientras les mostraba una bolsita de papel—. ¡Caramelos de menta!

El señor Poe era un banquero al que le habían encargado ocuparse de los asuntos de los huérfanos Baudelaire tras la muerte de sus padres. El señor Poe tenía buen corazón, pero en este mundo no basta con tener buen corazón, sobre todo si tu tarea consiste en mantener a unos niños fuera de peligro. El señor Poe conocía a los tres niños desde que nacieron y nunca recordaba que eran alérgicos a la menta.

–Gracias, señor Poe –dijo Violet; luego cogió la bolsita de papel y miró en su interior.

Violet, como la mayoría de las catorceañeras, era demasiado educada para mencionar que, si comía un caramelo de menta, le saldría urticaria, palabra que aquí significa «su cuerpo se cubriría de sarpullidos rojos que le picarían durante horas». Además, estaba demasiado ocupada con sus inventos como para prestar mucha atención al señor Poe. Cualquiera que conociese a Violet sabría que, cuando se recogía el pelo en un lazo para que no le cayera ante los ojos, como en aquel instante, sus pensamientos estaban atestados de ruedas, herramientas, palancas y otros utensilios necesarios para los inventos. En aquel preciso instante estaba pensando en cómo mejorar el motor del ferry *Veleidoso* para que no arrojase tanto humo al cielo gris.

—Es muy amable por su parte —dijo Klaus, el mediano de los Baudelaire, sonriendo al señor Poe y pensando que, sólo con darle un lametazo a un caramelo de menta, se le hincharía la lengua y casi no sería capaz de articular palabra.

Klaus se quitó las gafas y deseó que el señor Poe hubiese comprado periódicos en lugar de caramelos. Klaus era un lector voraz y cuando, a los ocho años, en una fiesta de cumpleaños, se había enterado de su alergia, había leído inmediatamente todos los libros que tenían sus padres sobre alergias. Incluso cuatro años más tarde, podía recitar las fórmulas químicas que hacían que su lengua se hinchase.

—¡Toi! —gritó Sunny.

La menor de los Baudelaire sólo era un bebé y, como la mayoría de los bebés, utilizaba básicamente palabras que eran difíciles de comprender. Con «¡toi!», probablemente quería decir «nunca he comido un caramelo de menta porque sospecho que soy, como mis hermanos, alérgica a ellos», pero no era fácil saberlo. Quizás también podía querer decir «ojalá pudiese morder un caramelo de menta, porque me gusta morder cosas con mis cuatro afilados dientes, pero no quiero arriesgarme a una reacción alérgica».

—Os los podéis comer en el trayecto en taxi hasta la casa de la señora Anwhistle —dijo el señor Poe, tosiendo en su pañuelo blanco. El señor Poe parecía siempre resfriado y los huérfanos Baudelaire estaban acostumbrados a recibir la información que él les daba entre ataques de tos y jadeos—. Os pide disculpas por no haber venido a recogeros al muelle, pero dice que le da miedo.

—¿Por qué debería darle miedo un muelle? —preguntó Klaus, paseando la mirada por los diques de madera y los barcos.

—Tiene miedo a todo lo relacionado con el Lago Lacrimógeno —dijo el señor Poe—, pero no me explicó por qué. Quizás tenga que ver con la muerte de su marido. Vuestra tía Josephine (no es realmente vuestra tía, claro está; es la hermanastra de vuestro primo segundo, pero me pidió que la llamaseis Tía Josephine), vuestra tía Josephine perdió recientemente a su marido y es posible que se ahogase o muriese en un accidente de barco. No me pareció educado preguntarle a qué se debe su viudedad. Bueno, vamos a buscar un taxi.

—¿Qué quiere decir esa palabra? —preguntó Violet.

El Señor Poe miró a Violet y arqueó las cejas.

—Me sorprendes, Violet —dijo—. Una chica de tu edad debería saber que un taxi es un coche que te lleva a algún sitio por dinero. Bueno, recojamos vuestro equipaje y vayamos a la carretera.

—Viudedad —le susurró Klaus a Violet— quiere decir que es viuda.

—Gracias —le susurró ella, mientras con una mano cogía su maleta y con la otra a Sunny.

El señor Poe agitaba el pañuelo para detener

un taxi y al poco rato el taxista había amontona-
do todas las maletas de los Baudelaire en el maletero, y el señor Poe a los niños Baudelaire en
los asientos traseros.

—Aquí me despido de vosotros —dijo el señor
Poe—. En el banco ya ha empezado la jornada la-
boral y temo que, si voy con vosotros hasta la casa de Tía Josephine, hoy no haré nada. Por favor,
saludadla de mi parte y decidle que estaremos en
contacto. —El señor Poe se detuvo para toser en
su pañuelo antes de proseguir—. Bueno, vuestra
tía Josephine está un poco nerviosa por tener a
tres niños en su casa, pero yo le aseguré que estabais muy bien educados. Aseguraos de actuar correctamente, y, como siempre, podéis llamarme
o enviar un fax al banco si surge cualquier problema. Aunque no puedo imaginar que algo sal-
ga mal *esta* vez.

Cuando el señor Poe dijo «esta vez», miró a
los niños con severidad, como si fuese culpa de
ellos que el pobre Tío Monty hubiera muerto.
Pero los Baudelaire estaban demasiado nerviosos

por conocer a su nueva tutora para decirle al señor Poe algo más que «hasta luego».

—Hasta luego —dijo Violet, y se metió la bolsita de caramelos de menta en el bolsillo.

—Hasta luego —dijo Klaus, y echó un último vistazo al Muelle Damocles.

—¡Frul! —gritó Sunny, mientras masticaba el cinturón de seguridad de su asiento.

—Hasta luego —contestó el señor Poe— y que tengáis buena suerte. Pensaré en los Baudelaire tan a menudo como me sea posible.

El señor Poe dio algo de dinero al taxista y se despidió de los tres niños con la mano, mientras el taxi salía del muelle y entraba en una calle gris y adoquinada. Había una pequeña tienda de comestibles con barriles llenos de limas y remolachas en la entrada. Había una tienda de ropa que se llamaba «¡Mira! ¡Me va bien!» y parecía estar en plenas reformas. Había un restaurante de aspecto horripilante que se llamaba El Payaso Complaciente, con luces de neón y globos en la ventana. Pero sobre todo había muchas tiendas y negocios cerrados, con rejas de metal en puertas y ventanas.

—No parece haber demasiada gente en el pueblo —señaló Klaus—. Esperaba poder hacer nuevos amigos aquí.

—Estamos en temporada baja —dijo el taxista. Era un hombre delgado con un cigarrillo delgado colgándole de la boca y, mientras hablaba con los niños, los observaba por el retrovisor—. El pueblo de Lago Lacrimógeno es un lugar de veraneo y cuando llega el buen tiempo está de bote en bote. Pero en esta época las cosas están tan muertas como el gato que he atropellado esta mañana. Tendréis que esperar a que el tiempo mejore para hacer nuevos amigos. Por cierto, se espera que el huracán *Herman* llegue al pueblo más o menos dentro de una semana. Será mejor que os aseguréis de que tenéis comida suficiente arriba en la casa.

—¿Un huracán en un lago? —preguntó Klaus—. Pensaba que los huracanes sólo tenían lugar cerca del océano.

–En una extensión de agua tan grande como el Lago Lacrimógeno –dijo el conductor–, puede ocurrir cualquier cosa. A decir verdad, yo estaría un poco nervioso si tuviese que vivir encima de esa colina. Cuando llegue la tormenta será muy difícil conducir colina abajo hasta el pueblo.

Violet, Klaus y Sunny miraron por la ventanilla y vieron lo que quería decir el conductor con «colina abajo». El taxi había tomado una última curva y había llegado a la abrupta cima de una colina muy, muy alta, y los niños pudieron ver el pueblo muy, muy abajo, la carretera empedrada trazando curvas entre los edificios como una delgada serpiente gris, y el pequeño Muelle Damocles con personas diminutas como hormigas yendo de un lado a otro. Y más allá del muelle estaba el Lago Lacrimógeno, como una mancha de tinta, oscuro y enorme, como un monstruo que, alzándose ante los tres huérfanos, proyectara una gigantesca sombra a sus pies. Durante unos instantes los niños se quedaron mirando el lago, como hipnotizados ante aquella mancha enorme en el paisaje.

—El lago es tan enorme —dijo Klaus— y parece tan profundo. Casi puedo entender por qué Tía Josephine le tiene miedo.

—¿La mujer que vive aquí arriba —preguntó el taxista— tiene miedo del lago?

—Eso nos han dicho —dijo Violet.

El taxista negó con la cabeza y detuvo el taxi.

—Entonces no sé cómo puede soportarlo.

—¿A qué se refiere? —preguntó Violet.

—¿Queréis decir que nunca habéis estado en esta casa? —preguntó el taxista.

—No, nunca —contestó Klaus—. Ni siquiera hemos visto nunca a la tía Josephine.

—Bueno, si vuestra tía Josephine tiene miedo al agua —dijo el taxista— no me explico que viva en esa casa.

—¿A qué se refiere? —preguntó Klaus.

—Bueno, echad un vistazo —contestó el taxista, y salió del coche.

Los Baudelaire echaron un vistazo. Al principio sólo vieron una pequeña edificación cuadrada con una puerta blanca desconchada, y no parecía que la casa fuese mucho mayor que el taxi que les había llevado hasta allí. Pero, cuando bajaron del coche y se acercaron más, vieron que aquella pequeña edificación cuadrada era la única parte de la casa que estaba en la cima de la colina. El resto —un grupo de edificaciones cuadradas, todas juntas como cubitos de hielo— colgaba del precipicio, sujeto a la colina por largos soportes metálicos que parecían las patas de una araña. Mientras los tres huérfanos observaban su nuevo hogar, les pareció que toda la casa se agarraba desesperadamente a la colina.

El taxista sacó sus maletas del maletero, las dejó delante de la puerta blanca desconchada y, tras hacer sonar su bocina como despedida, emprendió el camino de regreso al pueblo. Hubo un leve chirrido cuando se abrió la blanca puerta desconchada y apareció una mujer pálida con el pelo blanco recogido en un moño en lo alto de la coronilla.

—Hola —dijo con una ligera sonrisa—. Soy vuestra tía Josephine.

—Hola —dijo Violet con cautela, y avanzó para conocer a su nueva tutora.

Klaus la siguió y Sunny se acercó gateando, pero los tres Baudelaire caminaban con cautela, como si temieran hacer caer la casa con su peso, colina abajo. Los huérfanos no podían evitar preguntarse cómo una mujer que tenía tanto miedo del Lago Lacrimógeno podía vivir en una casa que parecía estar a punto de caer en sus profundidades.

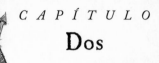

—Este es el radiador —dijo Tía Josephine señalando un radiador con un dedo pálido y huesudo—. Por favor, no lo toquéis nunca. Es posible que paséis mucho frío en mi casa. Nunca enciendo el radiador, porque tengo miedo de que pueda explotar, y por eso por las noches hace frío a menudo.

Violet y Klaus se miraron un instante y Sunny los miró a los dos. Tía Josephine les mostraba como en una auténtica visita turística su nueva casa y hasta el momento parecía tener miedo a todo lo que allí había, desde el felpudo de la entrada –que podía hacer que alguien tropezase y se rompiese el cuello– al sofá de la sala de estar, del que dijo podía desplomarse en cualquier momento y aplastarlos.

–Aquí está el teléfono –dijo Tía Josephine señalando el teléfono–. Sólo debe usarse en caso de emergencia, porque hay peligro de que alguien pueda electrocutarse.

–De hecho –dijo Klaus–, he leído bastante sobre electricidad. Y estoy seguro de que el teléfono no representa peligro alguno.

Tía Josephine se tocó el pelo, como si algo le hubiese saltado a la cabeza.

–No puedes creer todo lo que lees –señaló.

–Yo he construido un teléfono –dijo Violet–. Si quieres, puedo desmontar el tuyo y enseñarte cómo funciona. Quizás eso haga que te sientas más tranquila.

–No lo creo –dijo Tía Josephine frunciendo el entrecejo.

–¡Delmo! –señaló Sunny, lo que probablemente significaba algo así como: «Si quieres,
puedo morder el teléfono para demostrarte que
es absolutamente inofensivo».

–¿Delmo? –preguntó Tía Josephine mientras
se agachaba para recoger unas hilachas de la des-
gastada alfombra con motivos florales–. ¿Qué
quieres decir con «delmo»? Me considero una
experta en lengua inglesa y no tengo ni idea de lo
que significa la palabra «delmo». ¿Está hablando
en *otro* idioma?

–Me temo que Sunny todavía no habla con
fluidez –dijo Klaus, recogiendo a su hermanita del
suelo–. Básicamente está hablando *en infantil*.

–¡Grun! –gritó Sunny, lo que significaba algo
así como: «¡Me niego a que lo llames habla infantil!».

–Bueno, tendré que enseñarle correcto inglés
–dijo Tía Josephine con frialdad–. De hecho, estoy segura de que todos necesitáis pulir un poco
vuestra gramática. La gramática es lo mejor de la
vida, ¿no os parece?

Los tres hermanos se miraron. Violet se habría sentido inclinada a decir que inventar cosas era lo mejor de la vida, Klaus creía que lo era leer y Sunny, evidentemente, no encontraba mayor placer en la vida que morder cosas. Los Baudelaire pensaban en la gramática —todas esas reglas sobre cómo escribir y hablar el inglés— como en un dulce de plátano: bueno, pero tampoco algo por lo que perder el sueño. Sin embargo, parecía poco educado contradecir a Tía Josephine.

—Sí —dijo Violet finalmente—. Siempre nos ha encantado la gramática.

Tía Josephine asintió con la cabeza y sonrió levemente a los Baudelaire.

Bueno, os acompaño a vuestra habitación y seguiremos con el recorrido después de cenar. Cuando abráis esta puerta, empujad simplemente esta madera. No uséis nunca el pomo. Siempre temo que se rompa en mil pedazos y uno de ellos me dé en el ojo.

Los Baudelaire empezaban a pensar que no les iba a estar permitido tocar un solo objeto de la casa, pero sonrieron a Tía Josephine, empujaron la madera y abrieron la puerta, que daba a una habitación grande y muy luminosa con paredes blancas desnudas y una alfombra azul en el suelo. En la habitación había dos camas grandes y una cuna grande, obviamente para Sunny, las tres cubiertas por cubrecamas azules y, a los pies de cada una de las camas, un baúl grande para guardar cosas. Al otro extremo de la habitación había un armario grande para la ropa de todos, una ventanita para mirar al exterior y un montoncito de latas de conserva sin propósito aparente.

—Siento que tengáis que compartir una habitación los tres —dijo Tía Josephine—, pero la casa no es demasiado grande. He intentado proveeros de cuanto pudieseis necesitar y espero que os sintáis cómodos.

—Seguro que sí —dijo Violet, entrando en la habitación con su maleta—. Muchas gracias Tía Josephine.

—En cada uno de los baúles —dijo Tía Josephine—, hay un regalo.

¿Regalos? Los Baudelaire hacía mucho, mucho tiempo que no recibían regalos. Tía Josephine se acercó sonriente al primer baúl y lo abrió.

—Para Violet —dijo— hay una preciosa muñeca nueva con muchos vestiditos.

Tía Josephine metió la mano en el baúl y sacó una muñeca de plástico con una boca muy pequeña y unos ojos muy grandes y saltones.

—¿No es adorable? Se llama Dulce Penny.

—Oh, gracias —dijo Violet que, con catorce años, era ya demasiado mayor para muñecas y a quien, de todos modos, nunca le habían gustado demasiado.

Con una forzada sonrisa en el rostro, Violet cogió a Dulce Penny de las manos de Tía Josephine y le dio unos suaves golpecitos en la cabecita de plástico.

—Y para Klaus —dijo Tía Josephine— hay un tren en miniatura. —Abrió el segundo baúl y sacó un trenecito—. Puedes montar las vías en aquel rincón vacío de la habitación.

—Qué divertido —dijo Klaus, intentando parecer emocionado.

A Klaus nunca le habían gustado los trenes en miniatura, porque daba mucho trabajo montarlos y una vez hecho sólo tenías un chisme que daba vueltas y vueltas sin parar.

—Y para la pequeña Sunny —dijo Tía Josephine, metiendo la mano en el baúl más pequeño, que estaba a los pies de la cuna— hay un sonajero. Mira, Sunny, hace ruiditos.

Sunny sonrió a Tía Josephine mostrándole sus cuatro afilados dientes, pero sus hermanos mayores sabían que Sunny detestaba los sonajeros y el irritante ruido que producen cuando los zarandeas. De muy pequeña le habían dado un sonajero, y fue la única cosa que no lamentó perder en el tremendo incendio que había destruido la casa de los Baudelaire.

—Es muy generoso por tu parte —dijo Violet— darnos todas estas cosas.

Era demasiado educada para añadir que no eran cosas que les gustasen especialmente.

—Bueno, estoy muy contenta de teneros aquí —dijo Tía Josephine—. Me gusta tanto la gramática. Estoy emocionada de poder compartir mi amor por la gramática con tres niños guapos como vosotros. Bueno, os doy unos minutos para instalaros y cenamos. Hasta ahora.

—Tía Josephine, ¿para qué son esas latas? —preguntó Klaus.

—¿Esas latas? Para los ladrones, naturalmente —dijo Tía Josephine, tocándose el moño que lucía en la coronilla—. Seguro que teméis tanto a los ladrones como yo. Así que cada noche, colocad simplemente estas latas de conserva junto a la puerta, para que cuando entren los ladrones se tropiecen con las latas y os despierten.

—Pero, ¿qué haremos entonces, despiertos en una habitación con un ladrón enfurecido? —preguntó Violet—. Yo preferiría dormir mientras se comete el robo.

La mirada de Tía Josephine se llenó de espanto.

—¿Ladrones enfurecidos? —repitió—. *¿Ladrones*

enfurecidos? ¿Por qué hablas de *ladrones enfureci-dos?* ¿Pretendes que estemos más aterrados de lo que ya estamos?

—Claro que no —tartamudeó Violet, sin señalar que era Tía Josephine quien había sacado el tema—. Lo siento. No pretendía asustarte.

—Bueno, no hablemos más de ello —dijo Tía Josephine, mirando nerviosa las latas de conserva, como si un ladrón estuviese tropezando con ellas en aquel preciso instante—. Nos vemos para cenar dentro de unos minutos.

Su nueva tutora cerró la puerta, y los huérfanos Baudelaire escucharon con atención cómo sus pasos se alejaban por el pasillo antes de empezar a hablar.

—Sunny se puede quedar con la Dulce Penny —dijo Violet entregándole la muñeca a su hermana—. Creo que el plástico es lo bastante duro para que lo muerdas.

—Y tú, Violet, puedes quedarte con el tren en miniatura —dijo Klaus—. Quizás puedas desmontarlo e inventar algo con las piezas.

–¡Schu! –gritó Sunny, lo que probablemente significaba algo así como: «Hace mucho tiempo que nada parece justo en nuestras vidas».

Los Baudelaire se miraron mientras esbozaban una amarga sonrisa. La pequeña Sunny tenía razón. No había sido justo que sus padres falleciesen. No había sido justo que el malvado y repugnante Conde Olaf les persiguiese allí donde fuesen, sin otro objetivo que robarles su fortuna. No había sido justo que pasaran de familiar en familiar, con sucesos terribles ocurriendo en todos sus nuevos hogares, como si los Baudelaire estuviesen en un horrible autobús que sólo se detenía en paradas de injusticia y miseria. Y, claro está, seguro que no era justo que Klaus sólo tuviese un sonajero con el que jugar en su nuevo hogar.

–Está claro que Tía Josephine ha trabajado mucho para prepararnos esta habitación –dijo Violet con tristeza–. Parece ser una persona de buen corazón. No deberíamos quejarnos ni siquiera entre nosotros.

—Tienes razón —dijo Klaus, cogiendo su sonajero y zarandeándolo con poco entusiasmo—. No deberíamos quejarnos.

—¡Twee! —gritó Sunny, lo que probablemente significaba algo como: «Los dos tenéis razón. No deberíamos quejarnos».

Klaus se acercó a la ventana y miró el paisaje que empezaba a oscurecer. El sol caía lentamente en las negras profundidades del Lago Lacrimógeno y un frío viento del atardecer empezaba a soplar. Incluso desde el otro lado de la ventana, Klaus podía sentir un ligero frío.

—De todas formas, yo quiero quejarme —dijo.

—¡La sopa está servida! —gritó Tía Josephine desde la cocina—. ¡Por favor, venid a cenar!

Violet puso una mano en el hombro de Klaus y apretó un poco como para consolarle y, sin una palabra más, los Baudelaire recorrieron el pasillo en dirección al comedor. Tía Josephine había dispuesto la mesa para cuatro, le había preparado un cojín grande a Sunny y había colocado otro montón de latas de conserva en la esquina de la habitación, sólo por si a algún ladrón se le ocurría robarles la cena.

—Normalmente, claro está —explicó Tía Josephine—, «la sopa está servida» es una expresión idiomática que no tiene nada que ver con sopa. Simplemente significa que la cena está lista. Sin embargo, en este caso, he preparado sopa.

—Qué bien —dijo Violet—. No hay nada mejor que una sopa caliente en una noche fría.

—De hecho, no es sopa caliente —dijo Tía Josephine—. Nunca preparo nada caliente, porque me da miedo encender la cocina. Podría incendiarse. He preparado sopa fría de pepino.

Los Baudelaire se miraron e intentaron ocultar su consternación. Como ya sabréis, la sopa fría de pepino es un manjar del que se disfruta más en un día de mucho calor. Yo mismo disfruté de una en Egipto mientras visitaba a un amigo que trabaja como encantador de serpientes. Cuando está bien preparada, la sopa de pepino tiene un sabor delicioso, ligeramente mentolado, fresco y refrescante como si se tratase más de una bebida que de una comida. Pero un día frío, en un proyecto de habitación, la sopa fría de pepino se agradece tanto como un enjambre de avispas en una fiesta de murciélagos. En un silencio sepulcral, los tres niños se sentaron a la mesa con Tía Josephine e hicieron cuanto pudieron por tragar el frío y viscoso brebaje. El único sonido era el de los cuatro afilados dientes de Sunny golpeando su cuchara mientras comía su fría cena. Como estoy seguro sabréis, cuando nadie habla, la cena parece durar horas y por eso pareció mucho, mucho más tarde cuando Tía Josephine rompió el silencio.

–Mi querido marido y yo no tuvimos niños –dijo–, porque nos daba miedo. Pero quiero que sepáis que estoy muy contenta de que estéis conmigo. Muy a menudo me siento sola aquí, en lo alto de la colina, sin nadie, y cuando el señor Poe me escribió contándome vuestros problemas, no quise que estuvieseis tan solos como yo cuando perdí a mi amado Ike.

–¿Ike era tu marido? –preguntó Violet.

Tía Josephine sonrió, pero no miró a Violet, como si estuviese hablando más consigo misma que con los Baudelaire.

—Sí —dijo con tono mortecino—, era mi marido, pero era mucho más que eso. Era mi mejor amigo, mi compañero de gramática y la única persona que he conocido capaz de silbar con galletas en la boca.

—Nuestra madre podía hacer eso —dijo Klaus sonriendo—. Su especialidad era la decimocuarta sinfonía de Mozart.

—La de Ike era el cuarto cuarteto de Beethoven —contestó Tía Josephine—. Al parecer es una característica de familia.

—Lamento no haberle conocido —dijo Violet—. Parece un tipo estupendo.

—*Era* estupendo —dijo Tía Josephine, removiendo la sopa y soplando a pesar de que estaba congelada—. Me entristecí muchísimo cuando murió. Sentí que había perdido dos de las cosas más especiales de mi vida.

—¿Dos? —preguntó Violet—. ¿A qué te refieres?

—Perdí a Ike —dijo Tía Josephine— y perdí el Lago Lacrimógeno. O sea, no lo perdí realmente, claro está. Sigue estando ahí. Pero yo crecí a sus orillas. Solía bañarme en él todos los días. Sabía cuáles eran las playas arenosas y las que estaban cubiertas de rocas. Conocía todas las islas y todas las cuevas de sus costas. El Lago Lacrimógeno era como un amigo para mí. Pero, cuando se llevó al pobre Ike, le cogí demasiado miedo para acercarme nunca más. Dejé de nadar en él. Nunca volví a ir a la playa. Incluso dejé de lado todos los libros que tratan de él. De la única forma que puedo soportar mirarlo es desde el ventanal de la biblioteca.

—¿Biblioteca? —preguntó Klaus animándose—. ¿Tienes una biblioteca?

—Claro —dijo Tía Josephine—. ¿Dónde si no iba a guardar todos mis libros de gramática? Si ya os habéis acabado la sopa os enseño la biblioteca.

—Yo no puedo comer ni una cucharada más —confesó Violet.

—¡Irm! —gritó Sunny en señal de conformidad.

–No, no Sunny –dijo Tía Josephine–. «Irm» no es gramaticalmente correcto. Quieres decir: «Yo también he acabado de cenar».

–Irm –insistió Sunny.

–Dios mío, sí que necesitas lecciones de gramática –dijo Tía Josephine–. Razón de más para ir a la biblioteca. Venga, niños.

Los Baudelaire, dejando atrás sus cuencos medio llenos, siguieron a Tía Josephine por el pasillo cuidando de no tocar ninguno de los pomos junto a los que pasaban. Al final del pasillo, Tía Josephine se detuvo y abrió una puerta normal y corriente pero, cuando los niños atravesaron la puerta, se adentraron en una habitación que era cualquier cosa menos normal y corriente.

La biblioteca no era ni cuadrada ni rectangular como la mayoría de las habitaciones, sino curvada formando un óvalo. Una pared del óvalo estaba dedicada a libros: estanterías, estanterías y más estanterías, y todos y cada uno de los libros eran de gramática. Había una enciclopedia de sustantivos colocada en unos sencillos anaqueles de madera, curvados para poder fijarlos a la pared. Había libros muy voluminosos sobre la historia de los verbos, alineados en estanterías de metal que habían sido pulidas y brillaban mucho. Y había vitrinas con manuales de adjetivos en su interior, como si estuviesen en el escaparate de una librería y no en una casa particular. En medio de la habitación había unas sillas que parecían muy cómodas, cada una de ellas con su propio reposapiés, para que uno pudiese estirar las piernas mientras leía.

Pero era la otra pared del óvalo, al fondo de la habitación, lo que llamó la atención de los niños. La pared, desde el suelo hasta el techo, era una ventana, un único y enorme panel de cristal curvo, de vidrio enorme, y más allá del vidrio había una espectacular vista del Lago Lacrimógeno. Cuando los niños se acercaron para mirar más de cerca, se sintieron volar muy por encima del oscuro lago y no simplemente mirándolo.

—Es la única forma en que puedo soportar mirar el lago —dijo Tía Josephine con voz tranquila—.

Desde lejos. Si me acerco un poco más, recuerdo mi último pícnic en la playa con mi amado Ike. Le advertí que esperase una hora después de comer antes de meterse en el lago, pero sólo esperó cuarenta y cinco minutos. Pensó que bastaría.

—¿Le dieron calambres? —preguntó Klaus—. Es lo que suele ocurrir si no esperas una hora antes de bañarte.

—Esa fue una de las razones —dijo Tía Josephine—, pero en el Lago Lacrimógeno hay otra. Si no esperas una hora después de haber comido, las Sanguijuelas del Lacrimógeno huelen la comida y atacan.

—¿Sanguijuelas? —preguntó Violet.

—Las sanguijuelas —explicó Klaus— se parecen un poco a los gusanos. Son ciegas y viven en distintas aguas y, para alimentarse, se te pegan y te chupan la sangre.

Violet se estremeció.

—¡Swoh! —gritó Sunny, lo que probablemente significaba algo como: «¿Por qué nadar en un lago lleno de sanguijuelas?».

—Las Sanguijuelas del Lacrimógeno —dijo Tía Josephine— son un poco diferentes de las sanguijuelas normales. Cada una de ellas tiene seis filas de afilados dientes y un olfato agudísimo; pueden oler el más mínimo trozo de comida desde muy, muy lejos. Las Sanguijuelas del Lacrimógeno suelen ser bastante inofensivas, se alimentan de peces pequeños. Pero, si huelen comida en un ser humano, lo rodean y... y... —los ojos de Tía Josephine se llenaron de lágrimas, sacó un pañuelo rosa pálido y se las secó—. Disculpadme, niños. No es gramaticalmente correcto finalizar una frase con «y», pero me pongo tan triste cuando pienso en Ike que no puedo hablar de su muerte.

—Sentimos habértelo recordado —dijo Klaus rápidamente—. No pretendíamos ponerte triste.

—Está bien —dijo Tía Josephine sonándose—. Sólo es que prefiero pensar en Ike en otros momentos. A Ike siempre le encantó el sol y me gusta imaginar que, dondequiera que esté, el sol resplandece con todas sus fuerzas. Claro que nadie sabe lo que ocurre después de la muerte, pero es bonito pensar que mi marido está en algún lugar muy, muy cálido, ¿no os parece?

—Sí —dijo Violet—. Es muy hermoso.

Tragó saliva. Quiso decirle algo más a Tía Josephine, pero cuando sólo conoces a alguien desde hace unas horas es difícil saber qué le gustaría oír.

—Tía Josephine —aventuró tímidamente—, ¿has pensado en irte a vivir a otro lugar? Quizás si vivieses en un lugar alejado del Lago Lacrimógeno te sentirías mejor.

—Nosotros iríamos contigo —soltó Klaus.

—Oh, nunca podría vender esta casa —dijo Tía Josephine—. Los corredores de fincas me aterran.

Los tres jóvenes Baudelaire se miraron a hurtadillas, una palabra que aquí significa «mientras Tía Josephine no los estaba mirando». Ninguno había oído antes de alguien a quien le diesen miedo los corredores de fincas.

Hay dos clases de miedo: racional e irracional: o, en términos más simples, miedos que tienen

sentido y miedos que no. Por ejemplo, los huérfanos Baudelaire tienen miedo del Conde Olaf,
lo cual tiene muchísimo sentido, porque es un
hombre malvado que quiere destruirlos. Pero, si
tuviesen miedo de la tarta de merengue y limón
sería un miedo irracional, porque la tarta de merengue y limón está deliciosa y nunca ha hecho
daño a nadie. Tener miedo de que haya un monstruo debajo de la cama es perfectamente racional, porque en efecto puede haber un monstruo
debajo de tu cama, dispuesto a devorarte en cualquier momento, pero el miedo a los corredores
de fincas es un miedo irracional. Los corredores
de fincas, como sabréis, son personas que ayudan
a comprar y vender casas. Aparte de vestir de vez
en cuando un espantoso abrigo de color amarillo,
lo peor que un corredor de fincas puede hacer es
enseñarte una casa que te parezca fea, y por eso es
completamente irracional tenerles miedo.

Cuando Violet, Klaus y Sunny bajaron la mirada para observar el oscuro lago y pensaron en
sus nuevas vidas con Tía Josephine, sintieron

miedo, e incluso un experto mundial en miedos tendría dificultad en determinar si se trataba de un miedo racional o irracional. El miedo de los Baudelaire era que pronto se les viniese encima el infortunio. Por un lado, era un miedo irracional, porque Tía Josephine parecía una buena persona y el Conde Olaf no estaba a la vista. Pero, por otro lado, los Baudelaire habían experimentado tantas cosas terribles que parecía racional pensar que otra catástrofe estaba a la vuelta de la esquina.

Hay una manera de observar la vida llamada «mantener las cosas en su adecuada perspectiva». Esto lisa y llanamente quiere decir «haciéndote sentir mejor al comparar cosas que te están ocurriendo en este preciso instante con otras que han ocurrido en otro momento, o con gente distinta». Por ejemplo, si estuvieseis molestos por tener un grano horrible en la punta de la nariz, podríais intentar sentiros mejor manteniendo el grano en perspectiva. Podríais comparar vuestra situación con el grano con la de alguien que estuviese siendo comido por un oso y, cuando os miraseis en el espejo el horrible grano, podríais deciros: «Bueno, al menos no se me está comiendo un oso».

Supongo que por fin veis por qué mantener las cosas en perspectiva no suele funcionar demasiado bien, porque es difícil concentrarse en alguien a quien se lo está comiendo un oso cuando estás mirando tu horrible grano. Eso les ocurrió a los huérfanos Baudelaire los días que siguieron. Por la mañana, cuando los niños se unían a Tía Josephine para un desayuno de zumo de naranja y pan sin tostar, Violet se decía: «Bueno, por lo menos no nos vemos obligados a cocinar para el asqueroso grupo de teatro del Conde Olaf». Por la tarde, cuando Tía Josephine los llevaba a la biblioteca para enseñarles gramática, Klaus se decía: «Bueno, por lo menos el Conde Olaf no está a punto de llevársenos a la fuerza a Perú». Y por la noche, cuando los niños se unían a Tía Josephine para una cena consistente en zumo de naranja y pan sin tostar, Sunny se decía «¡Zax!», lo que significaba algo parecido a: «Bueno, al menos no hay señales del Conde Olaf».

Pero, por mucho que los tres hermanos comparasen sus vidas con Tía Josephine con las cosas terribles que les habían sucedido antes, no podían evitar sentirse disgustados. Violet, en su tiempo libre, desarticulaba los mecanismos e interruptores del tren en miniatura con la esperanza de inventar algo que pudiese preparar comida caliente sin asustar a Tía Josephine, pero no podía evitar desear que, simplemente, Tía Josephine encendiese la cocina. Klaus se sentaba en una de las sillas de la biblioteca, con los pies apoyados en el reposapiés, y leía textos de gramática hasta la puesta del sol, pero, cuando miraba al tenebroso lago, no podía evitar desear seguir viviendo con Tío Monty y todos sus reptiles. Y Sunny buscaba tiempo en su apretado horario para morder la cabeza de la Dulce Penny, pero no podía evitar desear que sus padres siguiesen vivos y que ella y sus hermanos estuviesen sanos y salvos en el hogar Baudelaire.

A Tía Josephine no le gustaba mucho salir de casa, porque en el exterior había demasiadas cosas que le daban miedo, pero un día los niños le contaron lo que les había dicho el taxista sobre que el huracán *Herman* se estaba acercando, y ella aceptó llevarles al pueblo a comprar alimentos. Tía Josephine tenía miedo de ir en coche, porque las puertas podían atascarse dejándola atrapada en su interior, así que hicieron el largo camino colina abajo a pie. Cuando los Baudelaire llegaron al mercado, tenían las piernas doloridas por la caminata.

—¿Estás segura de que no nos dejarías cocinar para ti? —preguntó Violet, mientras Tía Josephine metía la mano en un canasto de limas—. Cuando vivíamos con el Conde Olaf aprendimos a hacer salsa puttanesca. Es bastante fácil y absolutamente segura.

Tía Josephine negó con la cabeza.

—Es mi responsabilidad como tutora cocinar para vosotros, y estoy ansiosa por probar esta receta de compota fría de lima. Realmente el Conde Olaf parece malvado. ¡Forzar a unos niños a estar cerca de una cocina!

—Fue muy cruel con nosotros —asintió Klaus, sin añadir que verse obligados a cocinar había sido el menor de sus problemas cuando vivieron con el Conde Olaf—. Algunas veces sigo teniendo pesadillas sobre el terrible tatuaje de su tobillo. Siempre me ha dado miedo.

Tía Josephine frunció el entrecejo y se atusó el moño.

—Me temo que has cometido un error gramatical, Klaus —dijo severamente—. Cuando has dicho «siempre me ha dado miedo», parecías querer decir que su tobillo te daba miedo, pero te referías a su tatuaje. Deberías haber dicho: «El tatuaje siempre me ha dado miedo». ¿Lo entiendes?

—Sí, lo entiendo —dijo Klaus suspirando—. Gracias por señalármelo, Tía Josephine.

—¡Ñiku! —gritó Sunny, lo que probablemente significaba algo como: «No ha sido demasiado bonito señalar un error gramatical a Klaus cuando estaba hablando de algo que le preocupaba».

—No, no, Sunny —dijo Tía Josephine con firmeza, levantando su mirada de la lista de la compra–. «Niku» no es una palabra. Recuerda lo que dijimos acerca de usar un inglés correcto. Y ahora, Violet, por favor, ¿coges unos pepinos? He pensado volver a preparar sopa fría de pepino algún día de la semana que viene.

Violet gimió para sus adentros, una frase que aquí significa «no dijo nada pero se sintió decepcionada ante el panorama de otra cena fría», pero sonrió a Tía Josephine y recorrió uno de los pasillos del mercado en busca de pepinos. Miró con melancolía todos los deliciosos alimentos de las estanterías que requerían encender la cocina para ser preparados. Violet esperaba poder cocinar algún día un buen plato caliente para Tía Josephine y sus hermanos, usando el invento en el que estaba trabajando con las piezas del tren en miniatura. Por unos instantes se sumergió tanto en sus pensamientos que no miró hacia donde se dirigía hasta que chocó con alguien.

«Perdón...», empezó a decir Violet pero, cuando levantó la mirada, no pudo acabar la frase.

Allí había un hombre alto y delgado con una gorra azul de marinero y un parche cubriéndole el ojo izquierdo. Le sonreía nerviosamente, como si ella fuese un regalo de cumpleaños y él no pudiera contener la impaciencia por abrir el envoltorio. Sus dedos eran largos y huesudos, e iba ladeado, un poco como la casa de Tía Josephine colgando de la colina. Cuando Violet bajó la mirada, vio el porqué: había un palo de madera donde debería haber estado su pierna izquierda y, como la mayoría de las personas con patas de palo, el hombre se estaba apoyando en su pierna buena, lo cual hacía que estuviese ladeado. Pero, a pesar de que Violet no había visto nunca antes a alguien con una pata de palo, aquélla no había sido la razón por la que no había podido acabar su frase. La razón tenía que ver con algo que *sí había* visto antes: el fuerte brillo en el único ojo del hombre y, encima de éste, una única ceja.

Cuando alguien está disfrazado y el disfraz no es demasiado bueno, se puede describir como un disfraz transparente. Esto no quiere decir que la persona esté envuelta en plástico, ni que lleve cristal ni nada transparente. Simplemente significa que la gente puede ver a través de su disfraz; o sea, que su disfraz no les engaña ni un segundo. A Violet no la engañó ni un segundo el hombre al que estaba mirando. Supo al instante que era el Conde Olaf.

—Violet, ¿qué estás haciendo en este pasillo? —dijo Tía Josephine acercándosele por detrás—. Contiene alimentos que tienen que ser calentados, ya sabes.

Cuando vio al Conde Olaf dejó de hablar y por un instante Violet pensó que Tía Josephine también le había reconocido. Pero entonces Tía Josephine sonrió y las esperanzas de Violet se vinieron abajo, una expresión que aquí significa «desaparecieron».

—Hola —dijo el Conde Olaf sonriendo a Tía Josephine—. Me estaba disculpando con su hermana por haber topado con ella.

Tía Josephine se sonrojó y el contraste con su pelo la hizo parecer todavía más colorada.

—Oh, no —dijo, mientras Klaus y Sunny se acercaban por el pasillo para ver qué estaba ocurriendo—. Violet no es mi hermana, señor. Soy su tutora legal.

El Conde Olaf se golpeó la cara con la mano, como si Tía Josephine le acabase de decir que era el ratoncito Pérez.

—No me lo puedo creer —dijo—. Señora, no parece usted ni por asomo lo suficientemente mayor para ser tutora de nadie.

Tía Josephine volvió a sonrojarse.

—Bueno, señor, he vivido junto al lago toda mi vida y algunas personas dicen que eso me ha mantenido joven.

—Me encantaría conocer a algún protagonista de este lugar —dijo el Conde Olaf, tocándose la gorra azul de marinero y usando una palabra absurda que aquí significa «persona»—. Soy nuevo en el pueblo y estoy empezando un negocio, de modo que estoy ansioso por entablar nuevas relaciones. Permita que me presente.

—Klaus y yo estamos encantados de presentarte —dijo Violet con más valor del que yo habría tenido al volverme a encontrar con el Conde Olaf—. Tía Josephine, este es el Conde...

—No, no, Violet —interrumpió Tía Josephine—. Cuidado con tu gramática. Deberías haber dicho «Klaus y yo *estaremos* encantados de presentarte», porque todavía no nos habéis presentado.

—Pero... —empezó a decir Violet.

—Venga, Verónica —dijo el Conde Olaf, mirándola muy fijamente con su brillante ojo—. Tu tutora tiene razón. Y, antes de que cometas otro error, permíteme que sea yo quien me presente. Soy el Capitán Sham y tengo un nuevo negocio de alquiler de embarcaciones en el Muelle Damocles. Encantado de conocerla, ¿señorita...?

—Soy Josephine Anwhistle —dijo Tía Josephine—. Y estos son Violet, Klaus y la pequeña Sunny Baudelaire.

—La pequeña Sunny —repitió el Capitán Sham, y pareció más que se la estuviese comiendo que saludándola—. Es un placer conoceros a todos. Quizás algún día podría sacaros a dar un paseo en barco por el lago.

—¡Ging! —gritó Sunny, lo que probablemente significaba algo como: «Preferiría comer polvo».

—No vamos a ir a ningún sitio contigo —dijo Klaus.

Tía Josephine volvió a sonrojarse y miró a los tres niños con severidad.

—Los niños parecen haber olvidado sus modales junto con su gramática —dijo—. Por favor, disculpaos ante el Capitán Sham.

—Él no es el Capitán Sham —dijo Violet con impaciencia—. Es el Conde Olaf.

Tía Josephine jadeó y paseó la mirada de los ansiosos rostros de los Baudelaire al impasible del Capitán Sham. Él estaba sonriente, pero su sonrisa había bajado un grado, una frase que aquí significa «se había vuelto menos confiada mientras esperaba ver si Tía Josephine se daba cuenta de que en realidad era el Conde Olaf disfrazado».

Tía Josephine le miró de la cabeza a los pies y frunció el entrecejo.

—El señor Poe me dijo que estuviese atenta por si aparecía el Conde Olaf —dijo finalmente—, pero también me dijo que vosotros, niños, teníais tendencia a verle por todas partes.

—Le vemos por todas partes —dijo Klaus con voz cansada—, porque *está* por todas partes.

—¿Quién es el tal Conde Omar? —preguntó el Capitán Sham.

—El Conde *Olaf* —dijo Tía Josephine— es un hombre terrible que...

—... está de pie justo delante de nosotros —acabó Violet—. Me da igual cómo se haga llamar. Tiene los mismos ojos brillantes, la misma única ceja...

—Pero muchas personas tienen estas características —dijo Tía Josephine—. Mi madrastra no sólo tenía una ceja, sino también una sola oreja.

—¡El tatuaje! —gritó Klaus—. ¡Busca el tatuaje! El Conde Olaf tiene tatuado un ojo en su tobillo izquierdo.

El Capitán Sham suspiró y, no sin dificultad, levantó su pata de palo para que todos pudiesen verla con claridad. Estaba hecha de una madera oscura que había sido pulida hasta brillar tanto como su ojo, y atada a su rodilla con un gozne curvo de metal.

—Pero yo no tengo tobillo izquierdo —gimoteó—. Me lo arrancaron las Sanguijuelas del Lacrimógeno.

Los ojos de Tía Josephine se humedecieron y le puso al Capitán Sham una mano en el hombro.

—Oh pobre hombre —suspiró, y los niños supieron inmediatamente que estaban sentenciados—. ¿Habéis oído lo que acaba de decir el Capitán Sham? —les preguntó.

Violet volvió a intentarlo, aún a sabiendas de que sería infructuoso, palabra que aquí significa «lleno de infructuosidad».

—Él no es el Capitán Sham —dijo—. Él es...

—¿No creeréis que dejó que las Sanguijuelas del Lacrimógeno se le comiesen la pierna —dijo Tía Josephine— sólo para gastaros una broma? Díganos, Capitán Sham. Díganos cómo ocurrió.

—Bueno, hace unas semanas yo estaba sentado en mi barco —dijo el Capitán Sham—. Estaba comiendo pasta con salsa puttanesca y se me cayó un poco en la pierna. Antes de que pudiese darme cuenta, las sanguijuelas estaban atacando.

—Es exactamente lo que le ocurrió a mi marido —dijo Tía Josephine, mordiéndose el labio.

Los Baudelaire, los tres, apretaron fuerte los puños como señal de frustración. Sabían que la historia del Capitán Sham acerca de la salsa puttanesca era tan falsa como su nombre, pero no podían demostrarlo.

—Tenga —dijo el Capitán Sham sacando una tarjeta del bolsillo y dándosela a Tía Josephine—. Coja mi tarjeta comercial y quizás la próxima vez que esté usted en el pueblo podríamos tomar una taza de té.

—Suena estupendo —dijo Tía Josephine mientras leía la tarjeta—. «Barcos de vela del Capitán Sham. Cada barco tiene sus velas». Oh, capitán, ha cometido un error gramatical muy grave.

–¿Qué? –dijo el Capitán Sham arqueando su única ceja.

–En esta tarjeta pone «tienen» en plural. Pero está hablando de barco, en singular. Debería haber escrito «tiene». Es un error muy común, Capitán Sham. Común pero terrible.

El rostro del Capitán Sham se oscureció y por un minuto pareció que iba a volver a levantar su pata de palo y darle a Tía Josephine una patada con todas sus fuerzas. Pero entonces sonrió y su rostro se suavizó.

–Gracias por señalármelo –acabó diciendo.

–De nada –dijo Tía Josephine–. Venga, niños, vamos a pagar lo que hemos cogido. Espero volver a verle, Capitán Sham.

El Capitán Sham sonrió y se despidió con la mano, pero los Baudelaire vieron como su sonrisa se transformaba en mofa en cuanto Tía Josephine se hubo dado la vuelta. La había engañado y los Baudelaire no podían hacer nada al respecto. Se pasaron el resto de la tarde recorriendo penosamente a pie el camino colina arriba cargados con las compras, pero el peso de las limas y los pepinos no era nada comparado con el peso de los corazones de los Baudelaire. Durante todo el camino, Tía Josephine habló del Capitán Sham y de lo buen hombre que era y de cuánto deseaba volver a verle, mientras los niños sabían que era en realidad el Conde Olaf, un hombre terrible y al que esperaban no volver a ver en su vida.

Siento mucho decir que hay una expresión apropiada para esta parte de la historia. La expresión es «ha picado el anzuelo» y procede del mundo de la pesca. El anzuelo, el plomo y el sedal forman parte de una caña de pescar y sirven para inducir astutamente a los peces a salir del océano hacia su perdición. Si alguien se está tragando el anzuelo, el plomo y el sedal, es que se está creyendo una serie de mentiras y que, como resultado, puede estar yendo hacia su perdición. Tía Josephine se estaba tragando el anzuelo, el plomo y el sedal del Capitán Sham, pero eran Violet, Klaus y Sunny quienes se sentían condenados. Al caminar colina arriba en silencio, los niños miraron al Lago Lacrimógeno y notaron el escalofrío de la perdición adueñarse de sus corazones. Eso hizo que los tres hermanos se sintiesen ateridos y perdidos, como si no estuviesen sólo mirando al lago entre penumbras, sino que hubiesen sido lanzados en medio de sus profundidades.

Cuatro

Aquella noche los niños Baudelaire se sentaron a la mesa con Tía Josephine y cenaron con frío en la boca del estómago. Parte del frío era por la compota fría de lima que había preparado Tía Josephine. Pero la otra mitad —o incluso más— era por tener la certeza de que el Conde Olaf volvía a estar en sus vidas.

—El Capitán Sham es una persona encanta-dora —dijo Tía Josephine, y se metió una corteza de lima en la boca—. Debe de sentirse muy solo, trasladado a un lugar nuevo y habiendo perdido una pierna. Quizás podríamos invitarle a cenar.

—Seguimos intentando decirte, Tía Josephine —dijo Violet, mientras esparcía la compota por el plato para que pareciese que había comido más de lo que en realidad había comido—, que no es el Capitán Sham. Es el Conde Olaf disfrazado.

—Ya he oído bastantes tonterías —dijo Tía Josephine—. El señor Poe me dijo que el Conde Olaf tenía un tatuaje en el tobillo izquierdo y una única ceja encima de los ojos. El Capitán Sham no tiene tobillo izquierdo y sólo tiene un ojo. No puedo creer que os atreváis a discrepar con un hombre que tiene problemas de vista.

—Yo tengo problemas de vista —dijo Klaus, señalándose las gafas— y tú estás discrepando conmigo.

—Te agradecería que no fueses impertinente —dijo Tía Josephine, utilizando una palabra que aquí significa «me dijeses que estoy equivocada, lo cual me molesta»—. Es muy molesto. Tendréis que aceptar de una vez por todas que el Capitán Sham *no* es el Conde Olaf.

Tía Josephine se metió la mano en el bolsillo y sacó la tarjeta comercial.

–Mirad su tarjeta. ¿Pone Conde Olaf? No. Pone Capitán Sham. La tarjeta tiene un serio error gramatical, pero eso no hace más que probar que el Capitán Sham es quien dice ser.

Tía Josephine dejó la tarjeta comercial encima de la mesa y los Baudelaire la miraron y suspiraron. Las tarjetas comerciales, evidentemente, no demuestran nada. Cualquiera puede ir a una imprenta para que le hagan tarjetas en las que ponga lo que se quiera. El rey de Dinamarca puede encargar tarjetas comerciales que digan que vende pelotas de golf. Vuestro dentista puede encargar tarjetas comerciales que digan que es vuestra abuela. Una vez, para escapar del castillo de un enemigo, hice que me imprimiesen tarjetas en las que ponía que yo era un almirante de la Marina Francesa. Sólo porque algo esté escrito –ya sea en una tarjeta comercial, un periódico o un libro– no significa que sea cierto. Los tres hermanos lo sabían, pero no podían encontrar palabras para convencer a Tía Josephine. Así que sólo la miraron, suspiraron y fingieron, en silencio, comerse la compota.

Había tal silencio en el comedor que todos saltaron –Violet, Klaus, Sunny e incluso Tía Josephine– cuando sonó el teléfono.

–¡Dios mío! –exclamó Tía Josephine–. ¿Qué hacemos?

–¡Minka! –gritó Sunny, lo que probablemente significaba algo como: «¡Contestar, claro!».

Tía Josephine se levantó de la mesa, pero no se movió ni siquiera cuando el teléfono sonó por segunda vez.

–Quizá sea importante –dijo– pero no sé si merece el riesgo de electrocutarse.

–Si te hace sentir más segura –dijo Violet, limpiándose la boca con la servilleta–, yo contestaré al teléfono.

Violet se levantó y caminó hacia el teléfono a tiempo para cogerlo al tercer timbrazo.

–¿Hola? –dijo.

–¿Es la señora Anwhistle? –preguntó una voz sibilante.

—No —contestó Violet—. Soy Violet Baudelaire. ¿En qué puedo servirle?

—Que se ponga la vieja al teléfono, huérfana —dijo la voz.

Y Violet, al darse cuenta de que era el Capitán Sham, se quedó helada. Rápidamente echó un vistazo a Tía Josephine, que la estaba observando nerviosa.

—Lo siento —dijo Violet por el teléfono—. Debe tener el número equivocado.

—No juegues conmigo, desgraciada... —empezó a decir el Capitán Sham.

Pero Violet colgó el teléfono, con el corazón en un puño, y se giró hacia Tía Josephine.

—Alguien que preguntaba por la escuela de danza Hopalong —fue la primera mentira que le vino a la cabeza—. Les he dicho que debían tener el número equivocado.

—Eres una niña muy valiente —murmuró Tía Josephine—. Descolgar así el teléfono.

—De hecho es un aparato muy seguro —respondió Violet.

—¿Nunca has contestado al teléfono, Tía Josephine? —preguntó Klaus.

—Ike lo hacía casi siempre, y utilizaba un guante especial por seguridad. Pero, ahora que te he visto contestar, quizás lo pruebe la próxima vez que llame alguien.

Sonó el teléfono y Tía Josephine volvió a dar un respingo.

—Dios santo —dijo—, no creí que volvería a sonar tan pronto. ¡Qué noche de aventuras!

Violet se quedó mirando el teléfono, sabedora de que era el propio Capitán Sham quien volvía a llamar.

—¿Quieres que vuelva a contestar? —preguntó.

—No, no —dijo Tía Josephine acercándose al teléfono como si de un perro enorme y ladrador se tratase—. He dicho que lo probaría y eso voy a hacer.

Respiró hondo y cogió el teléfono con temblorosa mano.

—¿Hola? —dijo—. Sí, soy yo. Oh, hola, Capitán Sham. ¡Qué placer oír su voz! —Tía Josephine escuchó un momento y se sonrojó–. Bueno, son unas palabras muy bonitas, Capitán Sham, pero... ¿qué? Oh, de acuerdo. Son unas palabras muy bonitas, *Julio*. ¿Qué? ¿Qué? Oh, qué idea tan maravillosa. Pero, por favor, espere un momento.

Tía Josephine cubrió el auricular con una mano y se dirigió a los tres niños:

–Violet, Klaus, Sunny, por favor, id a vuestra habitación. El Capitán Sham (quiero decir Julio, me ha pedido que le llame por su nombre) planea una sorpresa para vosotros y quiere comentarla conmigo.

–No queremos ninguna sorpresa –dijo Klaus.

–Claro que sí –dijo Tía Josephine–. Ahora salid, para que pueda hablar sin que abráis las orejas.

–No estamos abriendo las orejas –dijo Violet–, pero creo que sería mejor que nos quedásemos aquí.

–Quizás estáis confundidos por el significado de «abrir las orejas» –dijo Tía Josephine–. Significa «escuchar». Si os quedáis aquí, estaréis orejeando. Por favor, id a vuestra habitación.

—Ya *sabemos* lo que significa «abrir las orejas» —dijo Klaus, pero siguió a sus hermanas a lo largo del pasillo hasta su habitación.

Una vez allí, se miraron frustrados sin decir palabra. Violet apartó los trozos del furgón de cola que había planeado examinar aquella noche, a fin de hacer sitio en su cama y que los tres pudiesen echarse juntos y mirar con ceño el techo.

—Pensé que aquí estaríamos a salvo —dijo Violet con tristeza—. Pensé que alguien que tenía miedo de los corredores de fincas nunca entablaría amistad con el Conde Olaf, fuese cual fuese el disfraz que llevase.

—¿Crees que realmente permitió que las sanguijuelas se le comiesen la pierna, sólo para esconder su tatuaje? —preguntó Klaus estremeciéndose.

—¡Choin! —gritó Sunny, lo que probablemente significaba: «Eso parece un poco exagerado, incluso para el Conde Olaf».

—Estoy de acuerdo con Sunny —dijo Violet—.

Creo que ha explicado esa historia de las sanguijuelas para que Tía Josephine se apiade de él.

—Y está claro que ha funcionado —dijo Klaus con un suspiro—. Después de haberle contado toda la tragedia, ella se ha tragado su disfraz con anzuelo, plomo y sedal.

—Al menos no es tan confiada como Tío Monty —señaló Violet—, que permitió que el Conde Olaf se instalase en su casa.

—Al menos podríamos intentar no perderlo de vista —contestó Klaus.

—¡Ober! —señaló Sunny, lo que significaba algo parecido a: «Pese a lo cual no pudimos salvar a Tío Monty».

—¿Qué crees que tiene planeado esta vez? —preguntó Violet—. Quizás quiera llevarnos en uno de sus barcos y ahogarnos en el lago.

—Quizás quiera empujar toda esta casa colina abajo —dijo Klaus— y echarle la culpa al huracán *Herman*.

—¡Haftu! —dijo Sunny con tristeza, lo que probablemente significaba algo así como: «Quizás quiera meternos Sanguijuelas del Lacrimógeno en la cama».

—Quizás, quizás, quizás —dijo Violet—. Todos estos quizás no nos llevarán a ninguna parte.

—Podríamos llamar al señor Poe y avisarle que el Conde Olaf está aquí —dijo Klaus—. Quizás podría venir a buscarnos.

—Es el quizás más quizás de todos —dijo Violet—. Es imposible convencer al señor Poe de algo, y Tía Josephine no nos cree a pesar de haber visto al Conde Olaf con sus propios ojos.

—Ella ni siquiera cree haber visto al Conde Olaf —asintió Klaus con tristeza—. Cree haber visto al *Capitán Sham*.

Sunny mordisqueó con poco entusiasmo la cabeza de la Dulce Penny y murmuró «¡poch!», lo que probablemente significaba: «Querrás decir *Julio*».

—Entonces no veo qué podemos hacer —dijo Klaus—, salvo mantener los ojos y los oídos bien abiertos.

—Doma —asintió Sunny.

—Los dos tenéis razón —dijo Violet—. Debemos estar muy atentos.

Los huérfanos Baudelaire asintieron solemnemente, pero el frío en la boca del estómago no había desaparecido. Los tres sabían que estar atentos no era un plan demasiado elaborado para defenderse del Capitán Sham y, a medida que pasaban las horas, los niños se preocuparon más y más. Violet se recogió el pelo con una cinta para que no le entrase en los ojos, como si estuviese inventando algo, pero pensó y pensó durante horas y horas y fue incapaz de inventar otro plan. Klaus se quedó mirando el techo muy, muy concentrado, como si hubiese algo muy interesante escrito allí, pero no se le ocurrió nada útil, y se fue haciendo tarde. Y Sunny mordió una y otra vez la cabeza de la Dulce Penny pero, por mucho que la mordiese, no podía pensar en nada que solucionase los problemas de los Baudelaire.

Tengo una amiga que se llama Gina-Sue, que es socialista, y el dicho favorito de Gina-

Sue es: «De nada sirve cerrar el establo si los caballos ya se han escapado». Simplemente significa que a veces se te puede ocurrir el mejor de los planes cuando ya es demasiado tarde. Siento decir que este es el caso de los huérfanos Baudelaire y del plan de vigilar atentamente al Capitán Sham, porque, tras horas y horas de preocuparse, oyeron un enorme crac de cristales rotos y en ese preciso instante supieron que vigilar atentamente no había sido un plan lo bastante bueno.

—¿Qué ha sido ese ruido? —preguntó Klaus preocupado, dirigiéndose hacia la puerta de la habitación.

—¡Vestu! —gritó Sunny, pero sus hermanos no tenían tiempo para descifrar lo que quería decir. Los tres recorrieron el pasillo a toda prisa.

—¡Tía Josephine! ¡Tía Josephine! —gritó Violet, pero no hubo respuesta. Miró por el pasillo, pero todo estaba tranquilo—. ¡Tía Josephine! —volvió a gritar.

Violet iba en cabeza y los tres huérfanos entraron en el comedor, pero su tutora tampoco estaba allí. Las velas de la mesa seguían encendidas, proyectando una luz parpadeante en la tarjeta comercial y en los boles de compota de lima fría.

—¡Tía Josephine! —volvió a gritar Violet y los niños salieron corriendo al pasillo donde daba la biblioteca.

Mientras corría, Violet no pudo evitar recordar cómo ella y sus hermanos habían gritado el nombre de Tío Monty un día, a primera hora de la mañana, justo antes de descubrir la tragedia que había sucedido—. ¡Tía Josephine! —gritó—. ¡Tía Josephine! —No podía evitar recordar todas las veces que se había despertado en mitad de la noche gritando en sueños el nombre de sus padres, como hacía muy a menudo, tras el terrible incendio que había acabado con sus vidas—. ¡Tía Josephine! —dijo al llegar a la puerta de la biblioteca. Violet tenía miedo de estar llamando a Tía Josephine cuando ésta ya no podía oírla.

—Mira —dijo Klaus, y señaló la puerta.

Un trozo de papel, doblado por la mitad, estaba sujeto a la puerta con una chincheta. Klaus soltó el papel y lo desdobló.

—¿Qué es? —preguntó Violet, y Sunny estiró su cuellecito para poder ver.

—Es una nota —dijo Klaus, y la leyó en voz alta:

Violet, Klaus y Sunny:
Cuando leáis ecta nota, mi vida habrá llegado
a su fin. Mi cuorazón está tan frío como Ike y la vida
me perece insoportable. Sé que vosotros, niños, quizás
no entendáis la triste vida de una viuva, o lo que me
ha llevado a este acto desesperada, pero por favor
sabed que soy mucho más feliz así.
Como último deseo y testamentos, os dejo a los tres
al cuidado del Capitán Sham, hombro amable y homrado.
Por favor, bedme como una buena perrsona,
i pesar de que haga esta casa tan terrible.
Vuestra Tía Josephine

—Oh no —dijo Klaus en voz baja al acabar de leer. Leyó y releyó una y otra vez el trozo de papel, como si lo hubiese leído incorrectamente, como si dijese algo distinto–. Oh, no –volvió a decir, tan bajo como si no supiese que estaba hablando en voz alta.

Sin mediar palabra, Violet abrió la puerta de la biblioteca, y los Baudelaire entraron y se estremecieron. La habitación estaba helada y, con un simple vistazo los Baudelaire supieron el porqué. El ventanal estaba roto. Exceptuando unos pocos fragmentos que seguían pegados al marco de la ventana, el enorme panel de cristal ya no estaba allí y dejaba un agujero abierto a la profunda oscuridad de la noche.

El frío viento nocturno entraba por el agujero, sacudiendo los libros y haciendo temblar a los niños, que se apretujaron unos contra otros, pero, a pesar del frío, los huérfanos anduvieron con cuidado hacia el espacio donde antes había estado el ventanal, y miraron abajo. La noche era tan negra que parecía como que no había nada debajo de la ventana. Violet, Klaus y Sunny se quedaron allí un momento y recordaron el miedo que habían sentido hacía sólo unos días, cuando estaban en ese mismo lugar. Ahora sabían que su miedo había sido racional. Apretándose unos contra otros, mirando abajo a la oscuridad, los Baudelaire supieron que su plan de estar alerta había llegado demasiado tarde. Habían cerrado la puerta del establo, pero la pobre Tía Josephine ya se había ido.

Violet, Klaus y Sunny:
Cuando leáis ecta nota, mi vida
habrá llegado a su fin.
Mi cuorazón está tan frío
como Ike y la vida
me perece
insoportable. Sé que
vosotros, niños, quizás
no entendáis la triste vida
de una viuva, o lo que me
ha llevado a este acto deses-
perada, pero por favor
sabed que soy mucho
más feliz así.

Como último deseo y testamentos, os dejo a los tres
al cuidado del Capitán Sham, hombro amable y homrado.
Por favor, bedme como una buena perrsona,
i pesar de que haga esta casa tan terrible.
Vuestra Tía Josephine

—¡*Para!* —gritó Violet—. ¡Para de leerla en voz alta, Klaus! Ya sabemos lo que dice.

—Es que no me lo puedo creer —dijo Klaus dando la vuelta al papel por décima vez.

Los huérfanos Baudelaire estaban sentados a la mesa del comedor con la compota fría de lima en los boles y con el terror en sus corazones. Violet había llamado al señor Poe y le había dicho lo que había ocurrido, y los Baudelaire, demasiado ansiosos para dormir, se habían quedado despiertos toda la noche, esperando que llegase en el primer ferry *Veleidoso* del día. Las velas estaban casi consumidas y Klaus tenía que echarse hacia delante para leer la nota de Tía Josephine.

—Hay algo divertido en esta nota, pero no puedo señalar qué.

–¿Cómo puedes decir algo así? –preguntó Violet–. Tía Josephine se ha tirado por la ventana. No hay nada de divertido en esto.

–No divertido como un buen chiste –contestó Klaus–. Divertido en la acepción de curioso. Porque, en la primera frase, ella dice «cuando leáis ecta nota».

–Y así es –dijo Violet temblando.

–No me refiero a eso –dijo Klaus impaciente–. Escribe ecta. Pero en realidad se escribe esta, con «s». –Cogió la tarjeta comercial del Capitán Sham, que seguía encima de la mesa–. ¿Recordáis que cuando ella vio esta tarjeta, «Cada barco tienen sus velas», dijo que contenía un grave error gramatical?

–¿A quién le importan los errores gramaticales –preguntó Violet– cuando Tía Josephine se ha tirado por la ventana?

–Pero a Tía Josephine sí le habrían importado –señaló Klaus–. Esto es lo que a ella más le importaba: la gramática. Recordad: dijo que era lo mejor de la vida.

—Bueno, al parecer no ha sido suficiente —dijo Violet con tristeza—. Por mucho que le gustase la gramática, aquí dice que la vida le parece insoportable.

—Ese es otro error que hay en la nota —dijo Klaus—. No dice p*a*rece, con una «a». Dice p*e*rece con una «e».

—Estás insoportable, con tu E —gritó Violet.

—Y *tú* estás siendo estúpida con otra E —contestó Klaus rápidamente.

—¡Aget! —gritó Sunny, lo que significaba algo parecido a: «¡Por favor, dejad de pelearos!».

Violet y Klaus miraron a su hermana pequeña y después se miraron. A menudo, cuando las personas están tristes quieren hacer que las demás personas también estén tristes. Pero eso nunca ayuda.

—Lo siento, Klaus —dijo Violet mansamente—. No eres insoportable. Nuestra situación es insoportable.

—Lo sé —dijo Klaus con tristeza—. Yo también lo siento así. No eres estúpida, Violet. Eres muy lista. De hecho, espero que seas lo bastante lista para sacarnos de este atolladero. Tía Josephine ha saltado por la ventana, nos ha dejado al cuidado del Capitán Sham y yo no sé qué podemos hacer al respecto.

—Bueno, el señor Poe está en camino —dijo Violet—. Por teléfono me ha dicho que estaría aquí a primera hora de la mañana, así que no tendremos que esperar mucho. Quizás el señor Poe nos pueda ser de alguna ayuda.

—Creo que sí —dijo Klaus.

Pero él y su hermana se miraron y suspiraron. Sabían que las posibilidades de que el señor Poe fuese de mucha ayuda eran bastante pequeñas. Cuando los Baudelaire vivieron con el Conde Olaf, el señor Poe no fue de gran ayuda cuando los niños le hablaron de la crueldad del Conde Olaf. Cuando los Baudelaire vivieron con Tío Monty, el señor Poe no fue de mucha ayuda cuando los niños le hablaron de la traición del Conde Olaf. Parecía claro que el señor Poe tampoco iba a ser de ayuda en esta situación.

Una de las velas se consumió con una pequeña humareda y los niños se hundieron en sus sillas. Probablemente habréis oído hablar de una planta llamada venus cazamoscas, que crece en el trópico. La parte superior de la planta tiene la forma de una boca abierta, con espinas como dientes alrededor de los bordes. Cuando una mosca, atraída por el olor de la flor, aterriza en la venus cazamoscas, la boca de la planta empieza a cerrarse hasta atraparla. La aterrorizada mosca zumba en la boca cerrada de la venus cazamoscas, pero no puede hacer nada y la planta muy, muy lentamente, la disuelve hasta hacerla desaparecer. Cuando la noche les fue envolviendo, los jóvenes Baudelaire se sintieron como la mosca en dicha situación. Como si el desastroso incendio que se había llevado a sus padres fuese el principio de la trampa y ellos ni siquiera lo hubiesen sabido. Zumbaban de un sitio a otro –la casa del Conde Olaf en la ciudad, la casa de Tío Monty en el campo y, ahora, la casa de Tía Josephine con vistas al lago–, pero el propio infortunio siempre se cerraba a su alrededor, más y más cerca, y a los tres hermanos les parecía que no tardarían demasiado en disolverse por completo.

–Podríamos romper la nota –propuso Klaus–. Así el señor Poe no sabría los deseos de Tía Josephine y no acabaríamos con el Capitán Sham.

–Pero ya le he dicho al señor Poe que Tía Josephine ha dejado una nota –dijo Violet.

–Bueno, podríamos hacer una falsificación –replicó Klaus, utilizando una palabra que aquí significa «escribir algo tú mismo y pretender que lo ha escrito otra persona»–. Escribimos todo lo que ella ha escrito, menos la parte del Capitán Sham.

–¡Ajá! –gritó Sunny. Esta palabra era una de las favoritas de Sunny y, al contrario que la mayoría de sus palabras, no necesitaba traducción. Lo que Sunny quería decir era «¡ajá!», una expresión de descubrimiento.

–¡Claro! –gritó Violet–. ¡Eso es lo que ha hecho el Capitán Sham! ¡*Él* ha escrito esta nota, no Tía Josephine!

Los ojos de Klaus se iluminaron detrás de sus gafas.

—¡Eso explica lo de *ecta*!

—¡Eso explica *cuorazón*! —dijo Violet.

—¡Lip! —gritó Sunny, lo que probablemente significaba: «El Capitán Sham tiró a Tía Josephine por la ventana y escribió esta nota para ocultar su crimen».

—Qué cosa más terrible —dijo Klaus, temblando al pensar en Tía Josephine cayendo al lago que tanto miedo le daba.

—Imaginad las cosas horribles que nos hará —dijo Violet—, si no descubrimos su crimen. Me muero de ganas de que llegue el señor Poe para explicarle lo ocurrido.

En perfecta sincronía, sonó el timbre de la puerta, y los Baudelaire corrieron a abrir. Violet iba la primera y, al mirar al radiador, recordó con melancolía el miedo que le daba a Tía Josephine. Klaus la seguía muy de cerca, tocando ligeramente el pomo de cada puerta en recuerdo a los avisos de Tía Josephine de que podían hacerse añicos. Y, cuando llegaron a la puerta, Sunny miró tristemente el felpudo de bienvenida que Tía Josephine creía que podía hacer que alguien se rompiese el cuello. Tía Josephine había tenido tanto cuidado en evitar cualquier cosa que creía podía hacerle daño, pero aun así el daño había llegado a ella.

Violet abrió la puerta blanca desconchada y allí estaba el señor Poe en la tenebrosa luz del amanecer. «Señor Poe», dijo Violet. Pretendía contarle inmediatamente su teoría de la falsificación pero, en cuanto le vio, de pie frente a la puerta, con un pañuelo blanco en una mano y un maletín negro en la otra, las palabras se detuvieron en su garganta. Las lágrimas son algo curioso porque, como los terremotos o los espectáculos de títeres, pueden manifestarse en cualquier momento, sin previo aviso y sin razón alguna. «Señor Poe», volvió a decir Violet, y al instante y sin aviso, ella y sus hermanos se echaron a llorar. Violet lloraba, con los hombros agitados por los sollozos, y Klaus lloraba, y las lágrimas hacían que las gafas le resbalasen por la nariz, y Sunny lloraba, la boca abierta mostrando sus cuatro dientes. El señor Poe dejó su maletín en el suelo y se guardó el pañuelo. No era demasiado bueno reconfortando a la gente, pero rodeó lo mejor que pudo a los niños con sus brazos y murmuró «venga, venga», que es una frase que alguna gente murmura para reconfortar a otra gente, a pesar del hecho de que no significa realmente nada.

Al señor Poe no se le ocurría otra cosa que pudiese reconfortar a los huérfanos Baudelaire, pero yo desearía ahora poder regresar al pasado y hablarles a esos tres niños sollozantes. Si pudiese, les diría a los Baudelaire que, como los terremotos o los espectáculos de marionetas, sus lágrimas no sólo habían aparecido sin previo aviso, sino también sin un buen motivo. Los jóvenes lloraban, claro, porque creían que Tía Josephine estaba muerta, y ojalá pudiera yo regresar al pasado y decirles que estaban equivocados. Pero, evidentemente, no puedo. Esa tenebrosa mañana no estoy en lo alto de la colina, encima del

Lago Lacrimógeno. Estoy sentado en mi habitación, en plena noche, escribiendo esta historia y mirando por la ventana el cementerio que está detrás de mi casa. No puedo decirles a los huérfanos Baudelaire que están equivocados, pero puedo deciros a vosotros, mientras los huérfanos lloran abrazados por el señor Poe, que Tía Josephine no está muerta.

Todavía no.

Capítulo Seis

El señor Poe frunció el ceño, se sentó a la mesa y sacó su pañuelo. –¿Falsificación? –repitió.

Los huérfanos Baudelaire le habían enseñado el ventanal roto de la biblioteca. Le habían enseñado la nota que habían encontrado enganchada en la puerta. Y le habían enseñado la tarjeta comercial con el grave error gramatical.

–La falsificación es una acusación muy grave –dijo con dureza, y se sonó la nariz.

–Pero no tan grave como el asesinato –precisó Klaus–. Y eso es lo que el Capitán Sham ha hecho. Ha asesinado a Tía Josephine y ha falsificado una nota.

—Pero, ¿por qué ese tal Capitán Sham —preguntó el señor Poe— se metería en tantos líos sólo para teneros bajo sus cuidados?

—Ya se lo hemos dicho —insistió Violet intentando ocultar su impaciencia—. El Capitán Sham es en realidad el Conde Olaf disfrazado.

—Son acusaciones muy graves —dijo el señor Poe con firmeza—. Entiendo que los tres habéis pasado por experiencias horribles, pero espero que no os dejéis llevar por vuestra imaginación. ¿Os acordáis de cuando vivíais con Tío Monty? Entonces estábais convencidos de que su ayudante, Stephano, era en realidad el Conde Olaf disfrazado.

—Pero Stephano *era* el Conde Olaf disfrazado —exclamó Klaus.

—Esa no es la cuestión —dijo el señor Poe—. La cuestión es que no podéis apresuraros a sacar conclusiones. Si realmente creéis que esta nota es una falsificación, tenemos que dejar de hablar de disfraces y llevar a cabo una investigación. Seguro que en algún lugar de esta casa encontraréis algo que haya escrito vuestra tía Josephine. Podemos comparar la caligrafía y ver si esta nota coincide.

Los huérfanos Baudelaire se miraron.

–Claro –dijo Klaus–. Si la caligrafía de Tía Josephine no coincide con la nota que encontramos en la puerta estará claro que la escribió otra persona. No habíamos pensado en eso.

El señor Poe sonrió.

–¿Veis? Sois unos niños muy inteligentes, pero incluso las personas más inteligentes del mundo necesitan a menudo la ayuda de un banquero. Bien, ¿dónde podemos encontrar una muestra de la caligrafía de Tía Josephine?

–En la cocina –dijo Violet de repente–. Dejó su lista de la compra en la cocina cuando regresamos del mercado.

–¡Chuni! –gritó Sunny, lo que probablemente significaba: «Vayamos a la cocina a buscarla».

Y eso fue exactamente lo que hicieron. La cocina de Tía Josephine era muy pequeña y una larga sábana blanca cubría el fuego y el horno: por seguridad, les había explicado Tía Josephine durante la visita guiada. Había una tabla de madera donde preparaba la comida, una nevera donde guardaba la comida y un fregadero donde limpiaba los platos de la comida que nadie había comido. Al lado de la tabla de madera, estaba el trocito de papel donde había escrito su lista, y Violet cruzó la cocina para recogerla. El señor Poe encendió la luz y Violet puso la lista de la compra junto a la nota para ver si eran iguales.

Hay hombres y mujeres que son expertos en analizar caligrafías. Se les llama grafólogos, y han ido a la universidad de grafología para obtener su diploma de grafología. Quizás penséis que esta situación necesita de un grafólogo, pero a veces la opinión de un experto no es necesaria. Por ejemplo, si una amiga os trajese su perro y os dijese que estaba muy preocupada porque no ponía huevos, no sería necesario que fueseis veterinarios para decirle que los perros no ponen huevos y que no tenía de qué preocuparse.

Sí, algunas veces las preguntas son tan sencillas

que cualquiera puede contestarlas, y el señor Poe y los huérfanos Baudelaire supieron al instante la respuesta a la pregunta: «¿La caligrafía de la lista de la compra coincide con la caligrafía de la nota?». La respuesta era sí. Cuando Tía Josephine había escrito «vinagre» en la lista de la compra, había curvado las puntas de la «v» en pequeñas espirales —las mismas espirales que decoraban las puntas de la «v» en «Violet», en la nota. Cuando había escrito «pepinos» en la lista de la compra, las «pes» eran ligeramente garrapatosas, como gusanos, y los mismos gusanos aparecían en las palabras «desesperada» y «Capitán Sham» en la nota. Cuando Tía Josephine había escrito «limas» en la lista de la compra, la «i» tenía un punto más parecido a un óvalo que a un círculo, igual que en «mi vida habrá llegado a su fin». No había la menor duda de que Tía Josephine había escrito los dos papeles que el señor Poe y los Baudelaire estaban examinando.

—No creo que quepa la menor duda de que Tía Josephine escribió estos dos trozos de papel —dijo el señor Poe.

—Pero... —empezó a decir Violet.

—No hay peros que valgan —dijo el señor Poe—. Fijaos en las curvas de las «uves». Fijaos en las «pes» garrapatosas. Fijaos en los puntos en forma de óvalo de las «íes». Yo no soy grafólogo, pero puedo asegurar que fueron escritas por la misma persona.

—Tienes razón —dijo Klaus con tristeza—. Sé que el capitán Sham está detrás de esto, pero también que Tía Josephine escribió esta nota.

—Y eso —dijo el señor Poe— convierte la nota en un documento legal.

—¿Quiere eso decir que tenemos que vivir con el Capitán Sham? —preguntó Violet con el corazón en un puño.

—Me temo que sí —contestó el Señor Poe—. La última voluntad de alguien es un documeto oficial de los deseos del fallecido. Estabais bajo el cuidado de Tía Josephine, así que ella tenía derecho a asignaros a un nuevo tutor antes de saltar por la ventana. Es muy sorprendente, cierto, pero es absolutamente legal.

–No iremos a vivir con él –dijo Klaus furio-
so–. Es la peor persona del mundo.

–Hará algo terrible, lo sé –dijo Violet–. Todo
lo que pretende es hacerse con la fortuna Baudelaire.

–¡Gind! –gritó Sunny, lo que significaba algo
como: «Por favor, no nos hagas vivir con ese
hombre malvado».

–Ya sé que no os gusta el tal Capitán Sham
–dijo el señor Poe–, pero yo no puedo hacer demasiado al respecto. Me temo que la ley dice que
allí es donde iréis.

–Nos escaparemos –dijo Klaus.

–No haréis nada de eso –dijo el señor Poe severamente–. Vuestros padres me encargaron a
mí que se os cuidase convenientemente. Queréis
honrar los deseos de vuestros padres, ¿no es así?

–Bueno, sí –dijo Violet–, pero...

–Entonces, por favor, no protestéis –dijo el
señor Poe–. Pensad en lo que dirían vuestros po-
bres padre y madre si se enteraran de que estabais amenazando con escaparos de vuestro tutor.

Evidentemente, a los padres Baudelaire les habría horrorizado enterarse de que sus hijos iban a estar bajo el cuidado del Capitán Sham, pero, antes de que los niños se lo dijesen al señor Poe, éste ya había cambiado de tema.

—Bueno, creo que lo más fácil sería encontrarnos con el Capitán Sham y ultimar algunos detalles. ¿Dónde está su tarjeta comercial? Voy a llamarle ahora mismo.

—Encima de la mesa del comedor —dijo Klaus con tristeza, y el señor Poe salió de la cocina para hacer la llamada.

Los Baudelaire miraron la lista de la compra de Tía Josephine y la nota de suicidio.

—Es que no me lo puedo creer —dijo Violet—. Estaba segura de que seguíamos la pista correcta con lo de la falsificación.

—Yo también —dijo Klaus—. El Capitán Sham ha hecho algo aquí, *sé* que lo ha hecho, pero ha actuado con más astucia aún que de costumbre.

—Entonces, será mejor que seamos más listos aún que de costumbre —contestó Violet—, porque tenemos que convencer al señor Poe antes de que sea demasiado tarde.

—Bueno, el señor Poe ha dicho que tenía que ultimar algunos detalles —dijo Klaus—. Quizás eso lleve mucho tiempo.

—He hablado con el Capitán Sham —dijo el señor Poe, volviendo a entrar en la cocina—. Le ha conmocionado la muerte de Tía Josephine, pero le ha alegrado muchísimo la idea de cuidar de vosotros. Dentro de media hora nos encontraremos con él para comer en un restaurante del pueblo, y después repasaremos los detalles de vuestra adopción. Esta noche ya deberíais quedaros en su casa. Estoy seguro de que os tranquiliza saber que se va a solucionar tan rápido.

Violet y Sunny se quedaron mirando al señor Poe, demasiado consternadas para hablar. Klaus también permanecía en silencio, pero miraba fijamente otra cosa. Estaba mirando la nota de Tía Josephine. Tras los cristales de las gafas, su mirada fija y sin parpadear estaba concentrada en la nota. El señor Poe se sacó el pañuelo blanco del bolsillo y tosió con mucha fuerza y entusiasmo, palabra que aquí significa «de una forma que produjo gran cantidad de flema». Pero ninguno de los Baudelaire dijo palabra.

—Bueno —concluyó el señor Poe—, voy a llamar para pedir un taxi. No tenemos por qué bajar esta enorme colina andando. Niños, peinaos y poneos los abrigos. Afuera hace mucho viento y está refrescando. Creo que debe de estar acercándose una tormenta.

El señor Poe fue a hacer su llamada de teléfono y los Baudelaire arrastraron los pies hasta su habitación. Sin embargo, en lugar de peinarse, Sunny y Violet se giraron inmediatamente hacia Klaus.

—¿Qué? —le preguntó Violet.

—¿*Qué* de qué?

—No me vengas con *qué* de qué —replicó Violet—. Has resuelto algo, ese *qué* de qué. Sé que así es. Estabas releyendo por enésima vez la nota de Tía Josephine, pero tenías una expresión en el rostro como si acabaras de resolver algo. Algo que podría ayudarnos. Y bien, ¿de qué se trata?

—No estoy seguro —dijo Klaus, mirando la nota una vez más—. Es posible que haya empezado a resolver algo. Algo que puede ayudarnos. Pero necesito más tiempo.

—¡Pero no tenemos nada de tiempo! —gritó Violet—. ¡Vamos a comer con el Capitán Sham *ahora mismo*!

—Entonces tendremos que conseguir más tiempo de alguna manera —dijo Klaus con determinación.

—¡Venga, niños! —gritó el señor Poe desde el pasillo—. ¡El taxi llegará en cualquier momento! ¡Coged los abrigos y vámonos!

Violet suspiró, pero se dirigió al armario y cogió los tres abrigos de los Baudelaire. Le alcanzó el abrigo a Klaus y le puso y abrochó el suyo a Sunny, mientras hablaba con su hermano.

—¿Cómo podemos conseguir más tiempo? —preguntó Violet.

—La inventora eres tú —contestó Klaus mientras se abrochaba el abrigo.

—Pero no se puede inventar algo como el tiempo –dijo Violet–. Puedes inventar máquinas automáticas de hacer palomitas. Puedes inventar limpiaventanas que funcionen con vapor. Pero no puedes inventar más *tiempo*.

Violet estaba tan segura de que no podía inventar más tiempo que ni siquiera se recogió el pelo en un lazo para que no se le metiese en los ojos. Miró a Klaus desesperada y confusa, y empezó a ponerse el abrigo. Pero, al abrochar los botones, comprendió que ni siquiera necesitaba recogerse el pelo con un lazo, porque la respuesta estaba allí mismo, en ella.

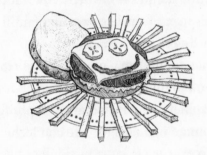

–Hola, soy Larry, vuestro camarero –dijo Larry,
el camarero de los huérfanos Baudelaire. Era un
hombre bajo y delgado con un tonto vestido de
payaso y una etiqueta prendida en el pecho donde se leía LARRY–. Bienvenidos al restaurante
El Payaso Complaciente, donde todo el mundo
pasa un buen rato, quiera o no. Ya veo que hoy
aquí tenemos a una familia entera, así que per-
mitid que os recomiende el Aperitivo Super Divertido Especial Familias. Es un conjunto de cosas fritas juntas y servidas con una salsa.

—Qué idea tan maravillosa —dijo el Capitán Sham, sonriendo de forma que enseñó todos sus amarillentos dientes—. Un Aperitivo Super Divertido Especial Familias para una familia especial super divertida: la *mía*.

—Yo sólo quiero agua, gracias —dijo Violet.

—Para mí lo mismo —dijo Klaus—. Y un vaso de cubitos de hielo para mi hermanita, por favor.

—Yo tomaré una taza de café con leche desnatada —dijo el señor Poe.

—Oh, no, señor Poe —dijo el Capitán Sham—. Compartamos una buena botella de vino tinto.

—No, gracias, Capitán Sham. No me gusta beber durante el horario del banco.

—Pero es una comida de celebración —exclamó el Capitán Sham—. Deberíamos hacer un brindis por mis tres nuevos hijos. No ocurre todos los días que uno se convierta en padre.

—Por favor, capitán —dijo el señor Poe—. Es conmovedor ver lo contento que está de cuidar a los Baudelaire, pero comprenda que los niños están más bien tristes por lo de Tía Josephine.

Hay un lagarto llamado camaleón que, como probablemente sabréis, puede cambiar de color en un instante para adaptarse a su entorno. El Capitán Sham, aparte de ser rastrero y desalmado, se parecía al camaleón, porque era camaleónico, palabra que significa «capaz de adaptarse a cualquier situación». Desde que el señor Poe y los Baudelaire habían llegado a El Payaso Complaciente, el Capitán Sham había sido incapaz de ocultar su excitación por tener a los niños ya casi entre sus garras. Pero, ahora que el señor Poe acababa de señalar que aquel momento era de tristeza, el Capitán Sham empezó a hablar de inmediato con voz mortecina.

—Yo también estoy disgustado —dijo secándose una lágrima que había aparecido por debajo del parche—. Josephine era una de mis mejores y más viejas amigas.

—La conociste *ayer* —dijo Klaus—, en la tienda de comestibles.

—Parece que fue ayer —dijo el Capitán Sham—, pero en realidad fue hace años. Nos conocimos en la escuela de cocina. Éramos compañeros de horno en el Curso Avanzado de Panadería.

—No fuisteis *compañeros de horno* —dijo Violet, asqueada por las mentiras del Capitán Sham—. A Tía Josephine le aterrorizaba encender el horno. Nunca hubiera ido a la escuela de cocina.

—Pronto nos hicimos amigos —dijo el Capitán Sham, prosiguiendo con su historia como si nadie le hubiese interrumpido— y un día me dijo: «Si alguna vez adopto unos huérfanos y luego muero, prométeme que los cuidarás por mí». Le dije que lo haría, pero, claro está, nunca pensé que iba a tener que cumplir mi promesa.

—Es una historia muy triste —dijo Larry, y todos se giraron y vieron que el camarero seguía allí de pie—. No me había dado cuenta de que era una ocasión triste. En tal caso, permitidme recomendaros las Cheeseburgers Animosas. Los pepinillos, la mostaza y el ketchup crean una carita sonriente encima de la hamburguesa, garantizada para hacerte sonreír a ti también.

—Parece una buena idea —aprobó el Capitán

Sham–. Larry, traiga Cheeseburgers Animosas para todos.

–Estarán aquí en un santiamén –prometió el camarero y desapareció por fin.

–Sí, sí –dijo el señor Poe–. Pero, cuando nos hayamos acabado las cheeseburgers, Capitán Sham, hay unos papeles importantes que debe firmar. Los tengo en mi maletín y después de comer los repasaremos.

–¿Y entonces los niños serán míos? –preguntó el Capitán Sham.

–Bueno, estarán a su cuidado, sí –dijo el señor Poe–. Claro que la fortuna de los Baudelaire seguirá bajo mi supervisión, hasta que Violet sea mayor de edad.

–¿Qué fortuna? –preguntó el Capitán Sham, frunciendo su ceja–. No sé nada de una fortuna.

–¡Duna! –gritó Sunny, lo que significaba algo parecido a «¡claro que lo sabes!».

–Los padres de los Baudelaire –explicó el señor Poe– dejaron una enorme fortuna, y los niños la heredarán cuando Violet sea mayor de edad.

—Bueno, no tengo ningún interés en una fortuna —dijo el Capitán Sham—. Dispongo de mis barcos. No tocaré ni un centavo.

—Eso está bien —dijo el señor Poe—, porque *no puede* tocar ni un centavo.

—Ya veremos —dijo el Capitán Sham.

—¿Qué? —preguntó el señor Poe.

—¡Aquí están vuestras Cheeseburgers Animosas! —canturreó Larry, al aparecer junto a la mesa con una bandeja llena de comida de aspecto grasiento—. Que os aproveche.

Como muchos locales llenos de luces de neón y globos, El Payaso Complaciente servía una comida malísima. Pero los tres huérfanos no habían comido en todo el día, y no habían comido nada caliente en bastante tiempo, así que, a pesar de estar tristes y ansiosos, tenían bastante apetito. Tras unos minutos sin conversación, el señor Poe empezó a explicar una historia muy pesada sobre algo que había ocurrido en el banco. El señor Poe estaba tan ocupado hablando, Klaus y Sunny estaban tan ocupados fingiendo estar interesados, y el Capitán Sham estaba tan ocupado devorando su comida, que nadie se dio cuenta de lo que Violet tenía planeado.

Cuando Violet se había puesto el abrigo para salir al frío y al viento, había notado un bulto en el bolsillo. El bulto era la bolsita de caramelos de menta que el señor Poe les había dado a los Baudelaire el día que llegaron al Lago Lacrimógeno, y eso le había dado una idea. Mientras el señor Poe hablaba y hablaba, ella, con mucho, mucho cuidado, cogió la bolsa de caramelos de menta del bolsillo de su abrigo y la abrió. Para su consternación, eran ese tipo de caramelos de menta que van cada uno envuelto en un poco de celofán. Colocando las manos debajo de la mesa, desenvolvió tres pastillas de menta, con el mayor –la palabra «mayor», utilizada aquí significa «más grande»– cuidado de no hacer ninguno de esos ruiditos que se producen cuando se desenvuelven caramelos y que tanto molestan en los cines. Finalmente tuvo tres caramelos de menta desenvueltos encima de la servilleta que tenía en el regazo. Sin llamar la atención, colocó una en la de Klaus y otra en la de Sunny. Cuando sus hermanos menores sintieron algo en sus regazos, bajaron la mirada y vieron los caramelos de menta, pensaron primero que su hermana mayor se había vuelto loca. Pero, un instante más tarde, lo comprendieron.

Si eres alérgico a algo es mejor no ponértelo en la boca, sobre todo si ese algo son los gatos. Pero Violet, Klaus y Sunny sabían que se trataba de una emergencia. Necesitaban pasar tiempo a solas para descubrir el plan del capitán Sham e idear cómo detenerlo, y, a pesar de que provocar una reacción alérgica es una forma más bien tremenda de conseguir tiempo para estar solo, era lo único que se les ocurrió. Así que, mientras ninguno de los adultos de la mesa miraba, los tres niños se pusieron los caramelos de menta en la boca y esperaron.

Las alergias de los Baudelaire son famosas por ser de efecto inmediato, así que los huérfanos no tuvieron que esperar demasiado. En pocos mi-

nutos, el cuerpo de Violet se cubrió de sarpullidos rojos, la lengua de Klaus empezó a hinchar-
se y a Sunny que, evidentemente, nunca antes
había comido un caramelo de menta, le salieron
sarpullidos y se le hinchó la lengua.

Finalmente el señor Poe acabó de contar su
historia y observó el aspecto de los huérfanos.

—Pero, niños —dijo—, ¡tenéis un aspecto *terri-
ble*! Violet, tienes manchas rojas en la piel.
Klaus, la lengua te está colgando de la boca.
Sunny, a ti te pasan ambas cosas.

—Debe de haber algo en esta comida que nos
produce alergia —dijo Violet.

—Dios mío —dijo el señor Poe, al observar que
un sarpullido en el brazo de Violet crecía hasta
adquirir el tamaño de un huevo duro.

—Simplemente respirad hondo —dijo el Capitán Sham, sin apenas levantar la mirada de su
cheeseburger.

—Me siento mal —dijo Violet, y Sunny empezó
a llorar—. Señor Poe, creo que deberíamos ir a casa y acostarnos.

—Echaros simplemente hacia atrás —dijo el Capitán Sham con brusquedad—. No hay razón para irnos en mitad de la comida.

—Pues, Capitán Sham —dijo el señor Poe—, los niños están bastante mal. Pago la cuenta y nos los llevamos a casa.

—No, no —dijo Violet rápidamente—. Cojamos un taxi. Vosotros dos podéis quedaros y ocuparos de todos los detalles.

El Capitán Sham clavó la mirada en Violet.

—Ni sueñes que vais a quedaros solos —dijo con voz grave.

—Bueno, hay mucho papeleo que revisar —dijo el señor Poe.

Echó un vistazo a su comida y los Baudelaire vieron que no estaba ansioso por salir del restaurante y ocuparse de niños enfermos.

—No los dejaremos solos mucho tiempo.

—Nuestras alergias son leves —dijo Violet en tono sincero, mientras se rascaba uno de sus sarpullidos. Se puso en pie y se llevó a sus hermanos con las lenguas hinchadas hacia la salida—. Nos

echaremos una hora o dos, mientras vosotros co-
méis tranquilamente. Capitán Sham, cuando
hayas firmado todos los papeles, ve a recogernos.

El ojo visible del Capitán Sham se puso más
brillante de lo que nunca había visto Violet.

—Eso haré —contestó—, iré a recogeros muy,
muy pronto.

—Adiós, niños —dijo el señor Poe—. Espero que
os encontréis mejor muy pronto. Mire, Capitán
Sham, en mi banco hay una persona que tiene
unas alergias realmente tremendas. Recuerdo una
vez que...

—¿Ya os vais? —preguntó Larry a los tres niños,
mientras éstos se abrochaban los abrigos.

Fuera, el viento soplaba con fuerza y había
empezado a lloviznar, porque el huracán *Herman*
estaba cada vez más y más cerca del Lago Lacrimógeno. Pero, a pesar de esto, los tres niños estaban ansiosos por salir de El Payaso Complaciente, y no sólo porque el restaurante cutre —la
palabra «cutre» significa aquí «lleno de globos,
luces de neón y camareros odiosos»— estuviese

lleno de globos, luces de neón y camareros odiosos. Los Baudelaire sabían que acababan de inventarse un poquito de tiempo y que debían aprovechar cada segundo.

Cuando la lengua de alguien se hincha debido a una reacción alérgica, a menudo es difícil comprender lo que dice.

—Blu blu blu blu blu —dijo Klaus, cuando los tres niños salieron del taxi y se dirigieron hacia la puerta blanca desconchada de Tía Josephine.

—No entiendo lo que dices —exclamó Violet, rascándose un sarpullido en el cuello que tenía la forma exacta del estado de Minnesota.

—*Blu blu blu blu blu* —repitió Klaus, o quizás estaba diciendo otra cosa; no tengo ni idea.

–Da igual, da igual –dijo Violet, abriendo la puerta y entrando a toda prisa con sus hermanos–. Ahora tienes el tiempo necesario para resolver lo que sea que estés resolviendo.

–Blu blu blu –balbuceó Klaus.

–Sigo sin entenderte –dijo Violet. Le quitó el abrigo a Sunny, se quitó el suyo y los dejó tirados por el suelo. Normalmente, claro está, uno debería colgar su abrigo en un colgador o en un armario, pero los sarpullidos picantes son algo muy irritante y tienden a hacer que uno se olvide de detalles como esos.

–Voy a suponer, Klaus, que estás diciendo palabras de agradecimiento –continuó Violet–. Ahora, a menos que necesites nuestra ayuda, Sunny y yo nos vamos a dar un baño de levadura para aliviar los sarpullidos.

–¡Blu! –gritó Sunny. Ella quería gritar «¡gans!», que significaba algo parecido a: «¡Bien, porque los sarpullidos me están volviendo loca!».

–Blu –dijo Klaus, asintiendo convulsivamente, y corrió pasillo abajo.

Klaus no se había quitado la chaqueta, pero no por su irritante reacción alérgica, sino porque se dirigía a un lugar frío.

Cuando Klaus abrió la puerta de la biblioteca, se sorprendió al ver cómo había cambiado. El viento del huracán que se acercaba había arrancado lo que quedaba del ventanal, y la lluvia había empapado algunas de las cómodas sillas de Tía Josephine dejando manchas oscuras. Unos pocos libros habían caído de sus estantes y el viento los había llevado hasta el ventanal, donde el agua los había hinchado. Hay pocas imágenes más tristes que la de un libro estropeado, pero Klaus no tenía tiempo para ponerse triste. Sabía que el Capitán Sham vendría a buscar a los Baudelaire lo antes posible, tenía que ponerse a trabajar de inmediato. Primero se sacó del bolsillo la nota de Tía Josephine y la dejó encima de la mesa, con libros en las esquinas para que no se la llevase el viento. Después se dirigió rápidamente a los estantes y empezó a examinar los lomos de los libros, buscando títulos. Escogió

tres: *Reglas básicas de gramática y puntuación,
Manual para el uso avanzado del apóstrofe y La
ortografía correcta de todas y cada una de las palabras que jamás existieron.* Aquellos libros eran
grandes como sandías y Klaus se tambaleó bajo
el peso de los tres. Con un fuerte *pump* los dejó
en la mesa. «Blu blu blu, blu blu blu blu», musi-
tó para sí mismo, encontró un bolígrafo y empezó a trabajar.

Normalmente una biblioteca es un lugar muy
bueno para trabajar por la tarde, pero no si su
ventana se ha roto y un huracán se acerca. El
viento soplaba cada vez más frío, y cada vez llovía con más intensidad, y la habitación era cada
vez más y más desagradable. Pero Klaus no se
enteró. Abrió todos los libros y tomó copiosas
–la palabra «copiosas» aquí significa «muchas»–
notas, deteniéndose de vez en cuando para señalar con un círculo alguna parte de lo que había
escrito Tía Josephine. Fuera empezó a tronar y
con cada trueno la casa se estremecía, pero Klaus
seguía pasando páginas y tomando notas. Cuan-

do empezó a relampaguear, se detuvo y se quedó observando la nota largo rato, frunciendo mucho el entrecejo. Finalmente escribió dos palabras al pie de la nota de Tía Josephine, concentrándose tanto en la tarea que, cuando Violet y Sunny entraron en la biblioteca y le llamaron, casi se cae de la silla.

—¡Blu sorprendido blu! —gritó, su corazón latiendo con fuerza y su lengua un poco menos hinchada.

—Lo siento —dijo Violet—. No he pretendido sorprenderte.

—¿Blu tomado un blu de levadura? —preguntó.

—No —contestó Violet—. No hemos podido tomar un baño de sales de levadura. Tía Josephine no tiene levadura de sosa porque nunca enciende el horno. Sólo nos hemos dado un baño normal. Pero eso no importa, Klaus. ¿Qué has estado haciendo *tú* en esta habitación helada? ¿Por qué has trazado círculos en la nota de Tía Josephine?

—Bluando gramática —contestó, señalando los libros.

–¿Blu? –gritó Sunny, lo que probablemente significaba «¿glu?», que significa algo parecido a: «¿Por qué estás perdiendo un tiempo precioso en estudiar gramática?».

–Bluorque –explicó Klaus impaciente– creo que blu Josephine nos dejó un mensaje blu en blu nota.

–Se sentía miserable y se tiró por la ventana –dijo Violet, temblando a causa del viento–. ¿Qué otro mensaje podría haber?

–Hay demasiados errores bluortográficos en la blu –dijo Klaus–. Tía Josephine amaba la gramática y nunca habría cometido tantísimos errores, a menos que tuviese una bluna razón. Eso es lo que he estado haciendo blu... contando los errores.

–Blu –dijo Sunny, lo que significa algo parecido a: «Por favor, Klaus, continúa».

Klaus se secó unas gotas de lluvia de las gafas y miró sus notas.

–Bueno, ya sabemos que la blu primera frase contiene el erróneo *ecta*. Creo que fue para llamar nuestra atención. Mirad la segunda bluse.

«Mi *cuorazón* está tan frío como el de Ike y la vida me *perece* insoportable.»

—El verbo correcto es p*arece* —dijo Violet—. Eso ya nos lo has dicho.

—Blu creo que hay más —dijo Klaus—. «Mi *cuorazón* está frío como el de Ike» no me parece correcto. Corazón se escribe sin «u». Y recordad además que Tía Josephine nos dijo que le gustaba pensar que su marido estaba en un lugar muy cálido.

—Es cierto —dijo Violet al recordarlo—. Lo dijo en esta mismísima habitación. Dijo que a Ike le gustaba el sol y que le imaginaba en algún lugar soleado.

—Creo que es otra prueba de que Tía Blushsephine nos estaba intentando mandar un blumensaje al escribir la blunota.

—Vale, así tenemos e*cta* y *cuorazón*. Por el momento eso no significa nada para mí —dijo Violet.

—Para mí tampoco —dijo Klaus—. Pero mirad la blusiguiente parte. «La vida me *perece* insoportable». Aunque perece sí existe, yo creo que aquí Tía Josephine quería decir parece.

—Eso es cierto —dijo Violet—. Perecer quiere decir morir, pero en esta frase no tiene sentido.

—Entonces, ¿por qué diría Tía Josephine *perece*? Creo que quería decir *parece*. Y he buscado *viuva* en *La ortografía correcta de todas y cada una de las palabras que jamás existieron*.

—¿Por qué? —preguntó Violet—. Ya sabes que así se llama a una mujer que se ha quedado sin marido.

—Eso *es* —contestó Klaus—, pero se escribe V-I-U-D-A. Tía Josephine escribió una «v» en lugar de la «u».

—*Ecta, cuorazón* —dijo Violet, contando con los dedos, *perece* y una «v» en viuda. Eso no se parece mucho a un mensaje, Klaus.

—Déjame acabar. He descubierto muchos más errores gramabluticales. Cuando ella escribió «o lo que me habría llevado a este acto *desesperada*», tendría que haber escrito desesperad*o* y no *desesperada*.

—¡Coik! —gritó Sunny—, lo que significaba: «¡Pensar en todo esto me pone enferma!».

—A mí también, Sunny —dijo Violet, cogiendo a su hermana y sentándola en la mesa—. Pero déjale acabar.

—Hay algunos blu más —dijo Klaus mostrando cinco dedos—. El primero, ella llama al Capitán Sham «un *hombro* amable y *homrado*», cuando debería haber dicho «un *hombre* amable y *honrado*». Y, en la última frase, Tía Josephine escribió «Por favor, *bedme* como una buena *perrsona*, *i pesar* de que he hecho esta c*a*sa terrible», pero debería haber escrito *vedme*, y persona con una sola «r». Además, «*i pesar*» es en realidad «*a pesar*», y cuando habla de que ha hecho «esta *casa* terrible», no tiene ningún sentido. Seguro que se refería a «esta *cosa* terrible».

—Pero, ¿y qué? —preguntó Violet—. ¿Qué significan todos estos errores?

Klaus sonrió y les enseñó a sus hermanas las dos palabras que había escrito al pie de la nota.

—Cueva Sombría —leyó en voz alta.

—¿Cueva *veek*? —preguntó Sunny, lo que significaba: «¿Cueva *qué*?».

—Cueva Sombría —repitió Klaus—. Si cogéis todas las letras de los errores gramaticales, eso es lo que se obtiene. Mirad: «c» por *ecta* nota en lugar de esta nota. «U» por *cuorazón* en lugar de corazón. «E» por *perece* y no parece. La «v» de *viuva* en lugar de viuda. La «a» de desesperada en lugar de *desesperado*. La «s» de *testamentos* cuando debería ser testamento. La «o» de *hombro* y no hombre. La «m» de *homrado* en lugar de honrado. La «b» de *bedme* y no vedme. La «r» de más en *perrsona*. La «i» de *i pesar* y no a pesar. Y la «a» de *casa* en lugar de cosa. Eso nos da *CUEVA SOMBRÍA*. ¿No lo veis? Tía Josephine *sabía* que estaba incurriendo en errores gramaticales y ortográficos, y sabía que nosotros los encontraríamos. Nos estaba dejando un mensaje, y el mensaje es Cueva...

Una fuerte ráfaga de viento entró por la ventana rota, interrumpió a Klaus y zarandeó la biblioteca como si de unas maracas se tratase, palabra que describe un instrumento de percusión utilizado en la música latinoamericana. El fuerte viento agitó todos los objetos de la biblioteca. Sillas y taburetes cayeron patas arriba. Las estanterías se movían tanto que algunos de los libros más pesados de la colección de Tía Josephine cayeron en charquitos de lluvia y quedaron allí dando vueltas. Y, cuando un relámpago cruzó el oscuro cielo, los huérfanos Baudelaire fueron tirados violentamente al suelo.

–Salgamos de aquí –gritó Violet por encima del ruido del trueno, y cogió a sus hermanos de la mano.

El viento soplaba con tanta fuerza que los Baudelaire parecían estar escalando una montaña enorme y no caminando hacia la puerta de la biblioteca. Cuando los huérfanos consiguieron cerrar la puerta de la biblioteca tras de sí, permanecieron un instante en el pasillo temblando, intentando recuperar el aliento.

–Pobre Tía Josephine –dijo Violet–. Su biblioteca está destrozada.

—Pero yo necesito volver a entrar —dijo Klaus, sosteniendo la nota—. Acabamos de descubrir lo de Cueva Sombría y necesitamos una biblioteca para descubrir más cosas.

—No esta biblioteca —señaló Violet—. Todos los libros que contenía eran de gramática. Necesitamos los libros sobre el Lago Lacrimógeno.

—¿Por qué?

—Porque me apuesto lo que quieras a que la Cueva Sombría está en el Lago Lacrimógeno. ¿Recuerdas que ella dijo que conocía todas las islas de sus aguas y todas las cuevas de sus costas? Seguro que la Cueva Sombría es una de ellas.

—Pero, ¿por qué debería ser su mensaje secreto sobre una cueva?

—Has estado tan ocupado descifrando el mensaje —dijo Violet—, que no entiendes su significado. Tía Josephine no está muerta. Quiere que la gente *crea* que está muerta. Pero nos ha querido decir a *nosotros* que está escondida. Tenemos que encontrar sus libros sobre el Lago Lacrimógeno y descubrir dónde está la Cueva Sombría.

–Pero primero tenemos que saber dónde están los libros –dijo Klaus–. Ella nos dijo que los escondió, ¿recuerdas?

Sunny gritó algo para dar su conformidad, pero sus hermanos no pudieron oírla porque retumbó un trueno.

–Veamos –dijo Violet–. ¿Dónde esconderías algo si no quisieras verlo?

Los huérfanos Baudelaire permanecieron en silencio, mientras pensaban en lugares donde habían escondido cosas que no querían ver en la época en que vivían con sus padres. Violet pensó en una armónica automática que había inventado, que emitía unos ruidos tan horribles que la había escondido para no pensar en su fracaso. Klaus pensó en un libro sobre la guerra francoprusiana, tan difícil de leer que lo había escondido para no recordar que no era lo bastante mayor para leerlo. Y Sunny pensó en un trozo de roca, demasiado duro incluso para sus afilados dientes, y en cómo lo había escondido para que no le doliese más la mandíbula por sus muchos intentos de morderlo. Y los tres huérfanos Baudelaire pensaron en los lugares que habían escogido.

—Debajo de la cama —dijo Violet.

—Debajo de la cama —asintió Klaus.

—Seeka yit —asintió Sunny.

Y, sin más palabras, los tres niños corrieron por el pasillo hacia la habitación de Tía Josephine. Normalmente no es de buena educación entrar en la habitación de alguien sin llamar, pero puedes hacer una excepción si la persona está muerta, o simula estar muerta, y los Baudelaire entraron a toda prisa. La habitación de Tía Josephine era parecida a la de los huérfanos, con una colcha azul marino encima de la cama y un montón de latas de conserva en un rincón. Había una ventanita que daba a la colina donde llovía a cántaros, y un montón de nuevos libros de gramática junto a la cama, que Tía Josephine todavía no había empezado a leer y, siento decirlo, nunca leería. Pero el único sitio que interesaba a los niños era debajo de la cama, y los tres se arrodillaron para mirar allí.

Al parecer, Tía Josephine tenía muchas cosas que no quería ver nunca más. Debajo de la cama había cazos y sartenes, que ella no quería ver porque le recordaban su cocina. Había unos calcetines horribles que alguien le había regalado y que hacían daño a la vista de tan feos. Y a los Baudelaire les entristeció ver la fotografía enmarcada de un hombre guapo, con una mano llena de galletitas saladas y los labios cerrados como si estuviese silbando. Era Ike, y los Baudelaire sabían que ella había colocado su fotografía allí porque le entristecía demasiado verla. Pero detrás de un gran cazo había una pila de libros, y los huérfanos los cogieron inmediatamente.

—*Las mareas del Lago Lacrimógeno* —dijo Violet, leyendo el título del primer libro—. Este no sirve.

—*El fondo del Lago Lacrimógeno* —dijo Klaus leyendo el siguiente—. Este tampoco nos sirve.

—*La trucha del Lago Lacrimógeno* —leyó Violet.

—*Historia de la región del Muelle Damocles* —leyó Klaus.

—*Iván Lacrimógeno, explorador del lago* —leyó Violet.

—*Cómo se hace el agua* —leyó Klaus.

—*Un atlas del Lacrimógeno* —dijo Violet.

—¿Atlas? ¡Perfecto! —gritó Klaus—. ¡Un atlas es un libro de mapas!

Destelló un relámpago y empezó a llover con más fuerza, haciendo un ruido como si alguien tirase canicas en la techumbre. Sin más palabras, los Baudelaire abrieron el atlas y empezaron a pasar las páginas. Vieron un mapa del lago tras otro, pero no encontraban la Cueva Sombría.

—Este libro tiene cuatrocientas setenta y ocho páginas —exclamó Klaus, mirando la última página del atlas—. Nos llevará una eternidad encontrar la Cueva Sombría.

—No disponemos de una eternidad —dijo Violet—. Probablemente el Capitán Sham ya esté en camino. Mira el índice del final. Busca «Sombría».

Klaus buscó el índice, que como seguro sabéis es una lista alfabética de todo lo que contiene un

libro y la página en la que se encuentra. Klaus
pasó el dedo por la lista de las palabras con S,
murmurando en voz alta para sí Bahía Salada:
Acantilados Silenciosos, Isla Soleil, Playa Si-
nuosa, Cueva Sombría...

—¡Aquí está! Cueva Sombría, página ciento
uno. —Klaus pasó rápidamente las páginas hasta
llegar a la correcta y miró el detallado mapa—.
Cueva Sombría, Cueva Sombría, ¿dónde está?

—¡Ahí está! —Violet señaló con el dedo un pequeño punto del mapa donde ponía *Cueva Sombría*—. Justo al otro lado del Muelle Damocles y
al oeste del Faro Lavanda. Vámonos.

—Perdona —dijo Klaus—, pero ¿cómo cruzamos
el lago?

—El ferry *Veleidoso* nos llevará —dijo Violet, señalando una línea de puntos del mapa—. Mirad,
el ferry va directo al Faro Lavanda y desde allí
podemos seguir a pie.

—¿Vamos a ir andando al Muelle Damocles
con esta lluvia? —preguntó Klaus.

—No hay otra opción —contestó Violet—. Tenemos que demostrar que Tía Josephine sigue viva o el Capitán Sham se apoderará de nosotros.

—Espero que ella siga... —empezó a decir Klaus, pero se detuvo y señaló la ventana—. ¡Mirad!

Violet y Sunny miraron. La ventana de la habitación de Tía Josephine daba a la colina, y los huérfanos pudieron ver uno de los soportes metálicos parecidos a las patas de una araña que evitaban que la casa cayese al lago. Pero también pudieron ver que dicho soporte había sufrido serios desperfectos a causa de la tremenda tormenta. Tenía una gran marca negra, sin duda producida por un rayo, y el viento lo había curvado por completo. Mientras la tormenta seguía a su alrededor, los huérfanos repararon en la fragilidad del soporte.

—¡Tafca! —gritó Sunny, lo que significaba: «¡Tenemos que salir de aquí *ahora mismo*!».

—Sunny tiene razón —dijo Violet—. Coge el atlas y salgamos de aquí.

Klaus cogió *Un atlas del Lacrimógeno*, sin atreverse a pensar qué hubiera ocurrido en caso de

haber seguido hojeando el libro y no haber mira-
do por la ventana. Cuando los chicos se pusieron
en pie, el viento montó en cólera, una frase que
aquí significa «zarandeó la casa y mandó a los
tres huérfanos directamente al suelo». Violet cayó contra uno de los pilares de la cama y se golpeó la rodilla. Klaus cayó contra el frío radiador
y se golpeó el pie. Y Sunny cayó contra el montón de latas de conserva y se golpeó en todas partes. Cuando los huérfanos se pusieron en pie, toda la habitación parecía tambalearse ligeramente
hacia un lado.

—¡Vamos! —gritó Violet, y cogió a Sunny.

Los huérfanos cruzaron a toda prisa el pasillo
y se dirigieron hacia la puerta de entrada. Un
trozo del techo había desaparecido y la lluvia
caía con fuerza en la alfombra, que salpicó a los
huérfanos cuando la pisaron. El edificio se ladeó
un poco más y los niños volvieron a caer al suelo.
La casa de Tía Josephine empezaba a caer colina
abajo. «¡Vamos!», volvió a gritar Violet, y los
huérfanos avanzaron dando traspiés por el pasi-

llo en dirección a la puerta, resbalando en los charcos y sobre sus propios pies asustados. Klaus fue el primero en llegar a la puerta y la abrió de golpe, cuando, tras un crujido terrible, la casa volvió a tambalearse. «¡Vamos!», volvió a gritar Violet, y los Baudelaire salieron por la puerta, llegaron a la colina, y permanecieron abrazados y juntos bajo la helada lluvia. Tenían frío. Estaban asustados. Pero habían escapado.

He visto muchas cosas alucinantes en mi larga y complicada vida. He visto una serie de pasillos construidos completamente de calaveras humanas. He visto un volcán en erupción enviar un muro de lava hacia un pequeño pueblo. He visto a un águila coger a la mujer que yo amaba y llevársela al nido que tenía en la cima de la montaña. Pero sigo sin poder imaginar cómo debe de ser ver la casa de Tía Josephine cayendo al Lago Lacrimógeno. Mi propia investigación me ha demostrado que los niños miraron mudos de estupor cómo la puerta blanca desconchada se cerraba de golpe y empezaba a arrugarse, como arrugas un papel hasta convertirlo en una pelota. Me han dicho que los niños se abrazaron con más fuerza al oír el ensordecedor ruido de su casa cayendo colina abajo, pero no puedo deciros qué se siente al ver caer abajo, abajo, abajo, todo el edificio y golpear las aguas oscuras del lago en medio de la tormenta.

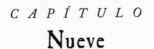

El Servicio Postal de Estados Unidos tiene un lema. El lema es: «Ni la lluvia, ni
el viento ni la nieve detendrán la entrega
del correo». Esto significa que incluso
cuando hace mal tiempo y el cartero

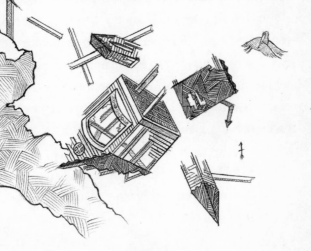

quiere quedarse al abrigo de su casa y tomarse una buena taza de chocolate caliente, él o ella tiene que liarse la manta a la cabeza, salir y entregar tu correo. El Servicio Postal de los Estados Unidos no cree que una tormenta glacial deba interferir en los deberes de sus empleados.

Los Baudelaire se sintieron muy afligidos al averiguar que el ferry *Veleidoso* no iba a ser una opción. Violet, Klaus y Sunny habían bajado por la colina con muchas dificultades. La tormenta iba en aumento y los niños tenían la sensación de que el viento y la lluvia no deseaban otra cosa que agarrarlos y lanzarlos a las enfurecidas aguas del Lago Lacrimógeno. Violet y Sunny no habían tenido tiempo de coger sus abrigos al salir de la casa, y los tres niños se turnaron el abrigo de Klaus mientras caminaban penosamente por la carretera inundada. Pasaron un par de coches, y cada vez los Baudelaire corrieron a esconderse detrás de los arbustos llenos de barro, por si se trataba del Capitán Sham que acudía en su busca. Cuando finalmente llegaron al Muelle Damocles, los dientes les castañeteaban y tenían los pies tan fríos que casi no sentían los dedos. Ver CERRADO en la taquilla del ferry *Veleidoso* fue más de lo que podían soportar.

–Está *cerrado* –gritó Klaus, elevando desesperadamente la voz para hacerse oír por encima del huracán *Herman*–. ¿Y ahora cómo llegamos hasta la Cueva Sombría?

–Tendremos que esperar a que abra –contestó Violet.

–Pero no abrirá hasta que haya pasado la tormenta –señaló Klaus–, y para entonces el Capitán Sham nos habrá encontrado y se nos habrá llevado muy lejos de aquí. Tenemos que dar con Tía Josephine lo antes posible.

–No sé cómo vamos a poder hacerlo –dijo Violet temblando–. En el atlas pone que la cueva está al otro lado del lago, y no podemos *nadar* hasta allí con este tiempo.

–¡Acrto! –gritó Sunny, lo que significaba algo parecido a: «Y tampoco tenemos tiempo para rodear todo el lago andando».

—Tiene que haber otros barcos en este lago —dijo Klaus—, aparte del ferry. Lanchas motoras, o barcos de pesca, o...

Levantó la mirada y sus ojos se encontraron con los de su hermana. Los tres huérfanos estaban pensando lo mismo.

—O *barcos de vela* —dijo Violet, acabando la frase por él—. El alquiler de barcos de vela del Capitán Sham. Dijo que estaba aquí en el Muelle Damocles.

Los Baudelaire, refugiados bajo el toldo de la taquilla, miraron hacia el extremo del desértico muelle, donde pudieron ver una verja metálica muy alta y con púas brillando en lo alto. Colgaba de la verja metálica un cartel con unas palabras que no pudieron leer, y junto al cartel había una barraca, casi invisible a causa de la lluvia, con una oscilante luz en la ventana. Los niños la miraron aterrorizados. Adentrarse en el local de alquiler de barcos de vela del Capitán Sham para encontrar a Tía Josephine sería como adentrarse en la guarida de un león para escapar de un león.

—No podemos entrar allí —dijo Klaus.

—Tenemos que hacerlo —dijo Violet—. Sabemos que el Capitán Sham no está allí, porque o está de camino a casa de Tía Josephine o sigue en El Payaso Complaciente.

—Pero sea quien sea el que *está* ahí —dijo Klaus señalando la oscilante luz—, no nos dejará alquilar un barco de vela.

—No sabrán que somos los Baudelaire —contestó Violet—. Diremos a quienes sea que somos hijos de los Jones y queremos navegar un rato.

—¿En medio de un huracán? —replicó Klaus—. No lo creerán.

—Tendrán que hacerlo —dijo Violet resuelta, palabra que aquí significa «como si se lo creyese, a pesar de no estar segura».

Y se dirigió hacia la chabola con sus hermanos. Klaus estrechaba con fuerza el atlas contra su pecho y Sunny, a quien ahora le tocaba el abrigo de Klaus, se abrazaba con éste y pronto los Baudelaire se encontraron temblando bajo el cartel que decía: «ALQUILER DE BARCOS DE VELA

CAPITÁN SHAM». Pero la verja metálica estaba fuertemente cerrada y los Baudelaire se detuvieron allí, ansiosos por entrar.

—Echemos un vistazo —susurró Klaus señalando la ventana.

Pero la ventana estaba demasiado alta para él o para Sunny. Violet, poniéndose de puntillas, miró por ella y con un simple vistazo supo que no había forma de alquilar un barco de vela.

La casucha era muy pequeña, con espacio sólo para un pequeño escritorio, y con una única bombilla, que proporcionaba la oscilante luz. Pero en el escritorio, dormida en una silla, había una persona tan grande como si hubiese una mancha enorme, roncando, con una botella de cerveza en una mano y un manojo de llaves en la otra. Mientras la persona roncaba, la botella se zarandeaba, las llaves chocaban entre sí y la puerta se entreabría un par de centímetros, pero, a pesar de que esos ruidos daban bastante miedo, no fue esto lo que asustó a Violet. Lo que asustó a Violet fue que no podía decir si esa persona era un hombre o una mujer. No hay muchas personas así en el mundo y Violet supo de quién se trataba. Quizás os hayáis olvidado de los malvados compañeros del Conde Olaf, pero los Baudelaire los habían visto en carne y hueso —en mucha carne, en el caso de este compañero— y los recordaban a todos y a cada uno con todo lujo de detalles. Aquellas personas eran groseras y taimadas, y hacían todo lo que el Conde Olaf —o, en este caso, el Capitán Sham— les decía, y los huérfanos nunca sabían donde podían aparecer. Y ahora una de ellas había aparecido aquí mismo, una persona peligrosa, traicionera y roncante.

El rostro de Violet debió de haber mostrado su decepción porque, en cuanto miró a Klaus, éste le preguntó:

—¿Qué pasa? O sea, aparte del huracán *Herman*, de que Tía Josephine haya simulado su propia muerte y de que el Capitán Sham nos persiga.

—Uno de los compañeros del Conde Olaf está en la barraca —dijo Violet.

—¿Cuál? —preguntó Klaus.

—El que no parece ni un hombre ni una mujer —contestó Violet.

Klaus se estremeció.

—Es el que da más miedo.

—No estoy de acuerdo —dijo Violet—. Creo que el calvo es el que da más miedo.

—¡Vass! —susurró Sunny, lo que probablemente significaba: «Discutamos esto en otro momento».

—¿Él o ella te ha visto? —preguntó Klaus.

—No. Él o ella está durmiendo. Pero él o ella tiene un manojo de llaves en la mano. Y estoy segura de que vamos a necesitar esas llaves para abrir la puerta y conseguir un barco de vela.

—¿Estás diciendo que vamos a robar un barco de vela?

—No tenemos otra opción —dijo Violet.

Robar, claro está, es un delito, y de muy mala educación. Pero, como la mayoría de cosas de mala educación, es excusable bajo ciertas circunstancias. Robar no es excusable si, por ejemplo, estás en un museo, decides que cierto cuadro quedaría mejor en tu casa, y sencillamente coges el cuadro y te lo llevas. Pero, si estuvieseis muy, muy hambrientos y no tuvieseis forma alguna de conseguir dinero, podría ser excusable coger el cuadro, llevároslo a vuestra casa y coméroslo.

—Tenemos que llegar a la Cueva Sombría lo antes posible —prosiguió Violet—, y la única forma que tenemos para hacerlo es robar un barco.

—Claro —dijo Klaus—, pero, ¿cómo vamos a conseguir las llaves?

—No lo sé —admitió Violet—. La puerta cruje y me temo que, si la abrimos un poco más, le o la despertaremos.

—Podrías entrar por la ventana, si te subieses a mis hombros. Sunny podría vigilar.

—¿Dónde *está* Sunny —preguntó Violet con inquietud.

Violet y Klaus bajaron la mirada y vieron el abrigo de Klaus hecho un montoncito en el suelo. Luego miraron hacia el muelle, pero sólo vieron la taquilla del ferry *Veleidoso* y las espumosas aguas del lago, que se oscurecían con la llegada de la noche.

—¡Se ha ido! —gritó Klaus.

Pero Violet se colocó el índice sobre los labios y volvió a empinarse para echar otro vistazo por la ventana. Sunny estaba pasando a gatas por la abertura de la puerta, encogiéndose lo suficiente para no tener que abrirla más.

—Está dentro —murmuró Violet.

—¿En la casucha? —dijo Klaus horrorizado—. Oh no. Tenemos que detenerla.

—Está gateando muy despacio hacia esa persona —dijo Violet, temerosa incluso de parpadear.

—Prometimos a nuestros padres que cuidaríamos de ella. No podemos permitir que lo haga.

—Está a punto de coger las llaves —dijo Violet, conteniendo la respiración—. Con mucho cuidado las está cogiendo de la mano de la persona.

—No me cuentes nada más —suspiró Klaus, mientras un relámpago cruzaba el cielo—. No, dímelo. ¿Qué está pasando?

—Tiene las llaves —dijo Violet—. Se las está poniendo en la boca para sostenerlas. Vuelve a dirigirse gateando hacia la puerta. Se está encogiendo y pasando a gatas.

—Lo ha conseguido —dijo Klaus estupefacto.

Sunny se acercó gateando triunfal hacia los huérfanos, las llaves en la boca.

—Violet, lo ha conseguido —repitió Klaus, abrazando a Sunny mientras el fuerte *¡buuum!* de un trueno retumbaba en el cielo.

Violet miró a Sunny y sonrió, pero dejó de sonreír cuando volvió a mirar al interior de la chabola. El trueno había despertado al compañero del Conde Olaf, y Violet observó consternada que la persona miraba su mano vacía, donde habían estado las llaves y luego al suelo, donde Sunny había dejado pequeños rastros de agua, y luego en dirección a la ventana, directamente a los ojos de Violet.

—¡Ella se ha despertado! —gritó Violet—. ¡Él se ha despertado! ¡Eso se ha despertado! Deprisa, Klaus, abre la verja y yo intentaré distraerle.

Sin más palabras, Klaus cogió el manojo de

llaves de la boca de Sunny y corrió hasta la verja metálica. Había tres llaves: una delgadita, una grande y una con dientes tan puntiagudos como los pinchos que brillaban encima de sus cabezas. Dejó el atlas en el suelo y empezó a probar con la llave delgada, justo cuando el compañero del Conde Olaf salía con andares pesados de la casa.

Violet, con el corazón a punto de salírsele por la boca, se quedó de pie delante de la criatura y esbozó una falsa sonrisa.

—Buenas tardes —dijo, sin saber si añadir «señor» o «señora»—. Al parecer me he perdido en el muelle. ¿Podría indicarme el camino al ferry *Veleidoso*?

El compañero del Conde Olaf no contestó, pero siguió arrastrándose hacia los huérfanos. La llave delgada entró en la cerradura, pero no se movió, y Klaus intentó con la grande.

—Lo siento —dijo Violet—, no le he oído. ¿Podría indicarme...

Sin pronunciar palabra, la gigantesca persona cogió a Violet por el pelo y, con un movimiento del brazo, la cargó a su apestoso hombro como quien carga una mochila. Klaus no conseguía que la llave grande entrase en la cerradura e intentó con la dentada, justo cuando la persona recogía a Sunny con la otra mano y la levantaba, sosteniéndola como quien sostiene un helado.

—*¡Klaus!* —gritó Violet—. *¡Klaus!*

La llave dentada tampoco entraba en la cerradura. Klaus empezó a mover desesperado la verja metálica. Violet le daba patadas a la criatura y Sunny le mordió la muñeca, pero la persona era tan brobdingnagiana —palabra que aquí significa «increíblemente fornida»— que los niños le causaban un dolor ínfimo, frase que aquí significa «ningún daño». El compañero del Conde Olaf avanzó pesadamente hacia Klaus, con los otros dos huérfanos en sus garras. Klaus, en plena desesperación, lo intentó una vez más con la llave delgada y, para su sorpresa, giró, y se abrió la puerta. A pocos metros había seis barcos de vela atados con una cuerda gruesa al final del muelle: barcos de vela que les podían llevar hasta Tía Josephine. Pero Klaus llegó tarde. Sintió que algo le agarraba por la espalda de su camisa y lo levantaba en el aire. Algo viscoso empezó a recorrerle la espalda, y Klaus advirtió con horror que aquella persona le estaba sujetando con la boca.

—¡Bájame! —gritó Klaus—. ¡Bájame!

—¡Bájame! —gritó Violet—. ¡Bájame!

—¡Poda rish! —gritó Sunny—. ¡Poda rish!

Pero a la pesada y torpe criatura no le preocupaban lo más mínimo los deseos de los huérfanos Baudelaire. Dio media vuelta y, con un pesado andar, empezó a llevarlos hacia la casucha. Los niños oían el sonido de los rechonchos pies de la criatura chapoteando, *gumch*, *gumch*, *gumch*, *gumch*. Pero entonces, en lugar de un *gumch*, hubo un *scata-wat*, cuando la persona pisó el atlas de Tía Josephine, que se deslizó debajo de su pie. El compañero del Conde Olaf movió los brazos para mantener el equilibrio, dejando caer así a Violet y a Sunny, y cayó él mismo al suelo, sorprendido, abriendo la boca y soltando a Klaus. Los huérfanos, que estaban en una forma física bastante buena, se pusieron en pie mucho más aprisa que la despreciable criatura, y corrieron a través de la verja abierta hacia el barco más cercano. La criatura luchaba por ponerse en pie y darles caza, pero Sunny ya había mordido la cuerda que ataba el barco al muelle. Para cuando la criatura llegó a la verja metálica armada de púas, los huérfanos se encontraban ya en las turbulentas aguas del Lago Lacrimógeno. A la tenue luz de última hora de la tarde, Klaus limpió la mugre que había dejado el pie de la criatura en la portada del atlas y empezó a leerlo. El libro de mapas de Tía Josephine los había salvado una vez al mostrarles la situación de la Cueva Sombría, y ahora les había vuelto a salvar.

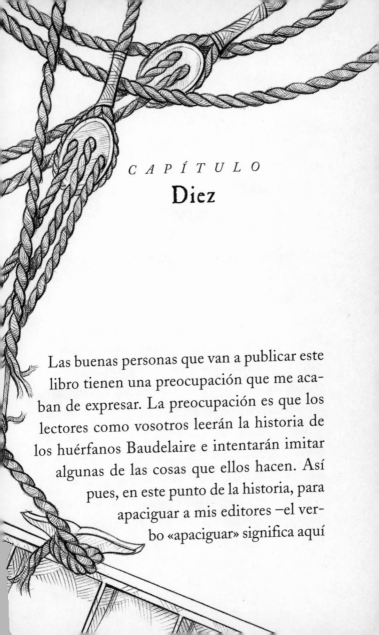

Diez

Las buenas personas que van a publicar este libro tienen una preocupación que me acaban de expresar. La preocupación es que los lectores como vosotros leerán la historia de los huérfanos Baudelaire e intentarán imitar algunas de las cosas que ellos hacen. Así pues, en este punto de la historia, para apaciguar a mis editores —el verbo «apaciguar» significa aquí «hacer que dejen de arrancarse los pelos de desesperación»—, permitidme, por favor, daros un consejo, a pesar de que no sé nada acerca de vosotros. El consejo es el siguiente: si alguna vez necesitáis llegar cuanto antes a la Cueva Sombría, no robéis un barco e intentéis cruzar el Lago Lacrimógeno en medio de un huracán, porque es muy peligroso y las probabilidades de que sobreviváis son prácticamente nulas. Y sobre todo no debéis hacerlo si, como los huérfanos Baudelaire, sólo tenéis una vaga idea de cómo manejar un barco de vela.

El compañero del Conde Olaf, de pie en el muelle y agitando un enorme puño en el aire, se hizo más y más pequeño, mientras el viento alejaba al barco del Muelle Damocles. Violet, Klaus y Sunny examinaron el barco de vela que acababan de robar, mientras el huracán *Herman* se cernía sobre ellos. Era bastante pequeño, con asientos de madera y salvavidas de color naranja chillón para cinco personas. En lo alto del mástil, que es una palabra que se refiere a «el poste alto de madera que hay en medio de los veleros», había una vela blanca mugrienta, controlada por una serie de cuerdas, y en el suelo había un par de remos de madera, para cuando no hacía viento. En la parte trasera, había una especie de palanca de madera con un mango para moverla a un lado y a otro, y bajo uno de los asientos había un cubo metálico para sacar agua en caso que se abriese una vía de agua. También había un palo largo con una red de pesca al final, una pequeña caña de pescar con un afilado anzuelo y un catalejo oxidado, que es una especie de telescopio que se utiliza en la navegación. Los tres hermanos se pusieron con gran dificultad los chalecos salvavidas, mientras las olas de la tormenta del Lago Lacrimógeno se los llevaban más y más lejos de la costa.

—Leí un libro acerca de cómo manejar un barco de vela —gritó Klaus por encima del estruendo del huracán—. Tenemos que orientar la vela para que le dé el viento. Entonces el viento nos llevará donde queramos.

—Y esta palanca se llama caña —gritó Violet—. Lo recuerdo de cuando estudié unos planos navales. La caña controla el timón, que está debajo del agua, dirigiendo el barco. Sunny, siéntate allí atrás y encárgate de la caña. Klaus, sostén el atlas para que sepamos hacia dónde nos dirigimos. Y yo voy a intentar lo de la vela. Creo que, si tiro de *esta* cuerda, podré controlarla.

Klaus pasó las mojadas páginas del atlas hasta la página ciento cuatro.

—Por *allí* —dijo, señalando hacia la derecha—. El sol se está poniendo por allí, así que aquello tiene que ser el oeste.

Sunny fue a toda prisa hasta la parte trasera del barco y colocó sus manitas en la caña justo cuando una ola golpeó el barco, salpicándole espuma. «¡Karg tem!», gritó, lo que significaba algo parecido a «voy a mover la caña por *allí*, para dirigir el barco hacia donde Klaus sugiere».

La lluvia caía a su alrededor, y el viento aullaba, y una pequeña ola golpeó de lado pero, ante la sorpresa de los huérfanos, el barco de vela se movió exactamente en la dirección que ellos querían seguir. Si en aquel momento os hubierais encontrado con los tres Baudelaire, habríais pensado que sus vidas estaban llenas de regocijo y alegría porque, a pesar de estar exhaustos, empapados y corriendo un gravísimo peligro, empezaron a reír. Les tranquilizaba tanto que finalmente algo hubiese salido bien que se echaron a reír como si estuviesen en un circo y no en mitad de un lago, en medio de un huracán, con muchísimos problemas.

Mientras la tormenta creaba olas enormes alrededor del barco y hacía brillar relámpagos encima de sus cabezas, los Baudelaire cruzaron el oscuro y vasto lago en aquel barquito. Violet tiraba de las cuerdas hacia uno y otro lado para que el viento, que como siempre cambiaba de dirección continuamente, impulsara las velas. Klaus observaba atentamente el atlas y se aseguraba de que no fueran en dirección equivocada, hacia el Torbellino Malvado o los Escollos Rencorosos. Y Sunny mantenía la dirección del barco, girando la caña cada vez que Violet se lo indicaba. Y, justo cuando el atardecer desembocaba en el anochecer y quedaba apenas luz para mirar el mapa, los Baudelaire vieron una parpadeante luz de un morado pálido. Los huérfanos siempre habían pensado que la lavanda era un color más bien soso, pero por primera vez en sus vidas se alegraron de verlo. Significaba que el barco se estaba acercando al Faro Lavanda, y que pronto estarían en la Cueva Sombría. La tormenta finalmente se quebró —el verbo «quebrar» significa aquí «se acabó» y no «perdió todo su dinero»— y las nubes se abrieron para mostrar una luna casi llena. Los niños temblaban en sus ropas empapadas, y se quedaron observando las tranquilas aguas del lago, mirando los remolinos de sus profundidades.

—De hecho el Lago Lacrimógeno es muy bonito —dijo Klaus pensativo—. Nunca me había dado cuenta.

—Cind —asintió Sunny—, moviendo ligeramente la caña.

–Creo que nunca nos habíamos dado cuenta por culpa de Tía Josephine –dijo Violet–. Nos acostumbramos a mirar al lago con sus ojos.

Cogió el catalejo oxidado y, mirando en su interior, fue capaz de ver la costa.

–Creo que allí veo el faro. Hay un agujero oscuro en el acantilado, justo al lado. Debe de ser la entrada de la Cueva Sombría.

En efecto, cuando el barco se acercó más y más, los niños pudieron distinguir con claridad el Faro Lavanda y la entrada de la cueva que estaba al lado, pero, cuando miraron en el interior de ésta, no vieron ninguna señal de Tía Josephine o de cualquier otra cosa de interés. Unas rocas empezaron a arañar la quilla del barco, lo que significaba que se encontraban en aguas muy bajas, y Violet saltó para arrastrar el barco hasta la escarpada costa. Klaus y Sunny bajaron del barco y se quitaron los chalecos salvavidas. Entonces quedaron inmóviles y nerviosos ante la entrada de la Cueva Sombría. Delante de la cueva había un cartel que decía que estaba en venta, y los huérfanos no pudieron imaginar quién querría comprar un lugar tan fantasmagórico —la palabra «fantasmagórico» significa aquí «todas las palabras extrañas y que dan miedo». La entrada de la cueva tenía rocas en punta por todas partes, como si de los dientes de la boca de un tiburón se tratase. Justo pasada la entrada, los jóvenes pudieron ver extrañas formaciones de rocas blancas, entrelazadas y fundidas, como leche moldeada. El suelo de la cueva era tan pálido y polvoriento como si estuviese hecho de tiza. Pero no fue esto lo que hizo que los niños se detuviesen. Fue el sonido que procedía de la cueva. Era un gemido agudo y vacilante, un sonido desesperado y perdido, tan extraño y misterioso como la misma Cueva Sombría.

—¿Qué es ese sonido? —preguntó Violet con ansiedad.

—Probablemente sólo se trata del viento —contestó Klaus—. En alguna parte leí que, cuando el viento pasa por lugares estrechos, como una cueva, puede producir sonidos extraños. No hay nada de que asustarse.

Los huérfanos no se movieron. El sonido no cesó.

—Sea lo que sea, me da miedo —dijo Violet.

—A mí también —dijo Klaus.

—Geni —dijo Sunny, y empezó a gatear hacia el interior de la cueva.

Es probable que hubiese querido decir algo como: «No hemos viajado por el Lago Lacrimógeno en un barco de vela robado y en medio del huracán *Herman* para quedarnos aquí parados ante la entrada de la cueva». Y sus hermanos tuvieron que estar de acuerdo con ella y seguirla hacia el interior. El gemido era más fuerte al retumbar en las paredes y en las formaciones rocosas, y los Baudelaire supieron que no se trataba del viento. Era Tía Josephine, sentada en un extremo de la cueva y llorando con el rostro entre las manos. Lloraba con tanta fuerza que ni siquiera se dio cuenta de que los Baudelaire habían entrado en la cueva.

—Tía Josephine —dijo Klaus dubitativo—, estamos aquí.

Tía Josephine levantó la vista y los niños pudieron observar que tenía el rostro sucio y mojado por las lágrimas.

—Lo habéis resuelto —dijo secándose las lágrimas y poniéndose en pie—. Sabía que podríais resolverlo.

Y abrazó a los tres Baudelaire. Miró a Violet, a Klaus y a Sunny, y los huérfanos la miraron y sintieron que los ojos se les llenaban de lágrimas mientras saludaban a su tutora. Como si no hubiesen creído realmente que la muerte de Tía Josephine era mentira hasta haberla visto viva con sus propios ojos.

—Niños, sabía que erais listos —dijo Tía Josephine—. Sabía que podríais descifrar mi mensaje.

—En realidad ha sido Klaus quien lo ha descifrado —dijo Violet.

—Pero Violet ha sabido manejar el barco de vela —dijo Klaus—. Sin Violet nunca habríamos llegado hasta aquí.

—Y Sunny ha robado las llaves —dijo Violet— y se ha encargado del timón.

—Bueno, me alegro de que todos hayáis conseguido llegar hasta aquí —dijo Tía Josephine—. Dejad que recupere el aliento y os echo una mano para entrar vuestras cosas.

Los niños se miraron.

—¿Qué cosas? —preguntó Violet.

—Bueno, vuestro equipaje, claro está —contestó Tía Josephine—. Y espero que hayáis traído algo de comida, porque las provisiones que traje yo casi se han acabado.

—No hemos traído nada de comer —dijo Klaus.

—¿Nada? —dijo Tía Josephine—. Por Dios, ¿cómo vais a vivir conmigo en esta cueva si no habéis traído nada que comer?

—No hemos venido aquí a vivir contigo —replicó Violet.

Tía Josephine se llevó las manos a la cabeza y procedió a retocarse el moño con movimientos nerviosos.

—Entonces, ¿por qué estáis aquí? —preguntó.

—¡Stim! —gritó Sunny, lo que significaba: «¡Porque estábamos preocupados por ti!».

—Sunny, *stim* no es una frase —dijo Tía Josephine con severidad—. Quizás uno de tus hermanos mayores me podría explicar en un inglés correcto por qué estáis aquí.

—¡Porque el Capitán Sham casi nos tenía entre sus garras! —gritó Violet—. Todo el mundo creyó que estabas muerta y tú escribiste en tu última voluntad y testamento que nosotros debíamos quedar al cuidado del Capitán Sham.

—Él me forzó a escribirlo —se quejó Tía Josephine—. Aquella noche, cuando me llamó por teléfono, me dijo que era en realidad el Conde Olaf. Me dijo que yo tenía que escribir un testamento diciendo que vosotros pasabais a su cuidado. Me dijo que si no escribía lo que él me decía, me ahogaría en el lago. Estaba tan asustada que acepté enseguida.

—¿Por qué no llamaste a la policía? —preguntó Violet—. ¿Por qué no llamaste al señor Poe? ¿Por qué no llamaste a alguien que pudiera ayudarnos?

—Ya sabes por qué —dijo Tía Josephine malhumorada—. Me da miedo usar el teléfono. Justo estaba empezando a acostumbrarme a contestar. Todavía estoy muy lejos de poder pulsar esos botones con números. Pero, en cualquier caso, no necesitaba llamar a nadie. Lancé un taburete contra el ventanal y salí a escondidas de la casa. Os dejé la nota para que supieseis que no estaba realmente muerta, pero camuflé el mensaje para que el Capitán Sham no supiese que había escapado de él.

—¿Por qué no nos llevaste contigo? ¿Por qué nos dejaste solos a solas? ¿Por qué no nos protegiste del Capitán Sham? —preguntó Klaus.

—No es gramaticalmente correcto —dijo Tía Josephine— decir *dejarte solos a solas*. Puedes decir «dejarte solo» o «dejarte a solas», pero no las dos cosas a la vez. ¿Comprendes?

Los Baudelaire se miraron tristes y enfadados. Comprendieron. Comprendieron que Tía Josephine estaba más preocupada por los errores gramaticales que por salvar las vidas de los niños.

Comprendieron que estaba tan encerrada en sus propios miedos que ni siquiera había pensado un solo instante en lo que les podía ocurrir a ellos. Comprendieron que Tía Josephine había demostrado ser una tutora desastrosa al dejar a los niños solos y expuestos a un gran peligro. Comprendieron y desearon más que nunca que sus padres, que jamás hubieran huido dejándoles solos, no murieran en aquel terrible incendio que había sido el comienzo de todo el infortunio en la vida de los Baudelaire.

—Bueno, basta de lecciones de gramática por hoy —dijo Tía Josephine—. Me alegro de veros y os invito a que compartáis esta cueva conmigo. Dudo mucho que el Capitán Sham nos encuentre aquí.

—Nosotros no *nos quedamos aquí* —dijo Violet impaciente—. Vamos a regresar al pueblo con el barco y vamos a llevarte con nosotros.

—Ni hablar del peluquín —dijo Tía Josephine, usando una expresión que aquí significa «ni hablar» y que no tiene nada que ver con un pelu-

quín–. Le tengo demasiado miedo al Capitán
Sham para enfrentarme a él. Después de todo lo
que os ha hecho, pensaba que también vosotros
le tendríais miedo.

–Le *tenemos* miedo –dijo Klaus–, pero, si de-
mostramos que él es en realidad el Conde Olaf,
irá a la cárcel. Tú eres la prueba. Si le cuentas lo
ocurrido al señor Poe, el Conde Olaf irá a pri-
sión y nosotros estaremos a salvo.

–Vosotros se lo podéis decir si queréis –dijo
Tía Josephine–. Yo me quedo aquí.

–Él no nos creerá, a menos que tú vengas con
nosotros y demuestres que estás viva –insistió
Violet.

–No, no, no –dijo Tía Josephine–. Tengo demasiado miedo.

Violet respiró hondo y se enfrentó a su asustada tutora.

–*Todos* tenemos miedo –dijo con firmeza–.
Nosotros tuvimos miedo cuando nos encontramos con el Capitán Sham en la tienda. Tuvimos
miedo cuando creímos que te habías tirado por

la ventana. Tuvimos miedo al provocarnos reacciones alérgicas, hemos tenido miedo al robar un barco y hemos tenido miedo al cruzar este lago en medio de un huracán. Pero eso no nos ha detenido.

Los ojos de Tía Josephine se inundaron de lágrimas.

—No puedo evitar que seáis más valientes que yo —dijo—. No voy a cruzar el lago. No voy a hacer ninguna llamada. Me voy a quedar aquí el resto de mi vida y nada de lo que digáis me hará cambiar de opinión.

Klaus dio un paso adelante y jugó un as que se había guardado en la manga, frase que aquí significa «dijo algo muy convincente que había guardado para el final».

—La Cueva Sombría —dijo— está en venta.

—¿Y qué? —dijo Tía Josephine.

—Eso significa —dijo Klaus— que en no mucho tiempo vendrá gente a verla. Y algunas de esas personas —y aquí hizo una pausa dramática— serán corredores de fincas.

Tía Josephine quedó boquiabierta y los huérfanos pudieron ver cómo su pálida garganta tragaba saliva.

—De acuerdo —dijo finalmente, mirando ansiosa por la cueva, como si ya hubiese un corredor de fincas escondido en las sombras—. Iré.

—Oh, no —dijo Tía Josephine.
Los niños no presta-
ron atención. Lo peor
del huracán *Herman* ya ha-
bía pasado y mientras los Baudelaire navegaban
por el oscuro lago parecía haber muy poco peligro. Violet movía la vela con facilidad ahora que
el viento había amainado. Klaus volvió la
vista atrás, hacia la luz lavanda del faro
y, seguro de sí mismo, señaló el camino de regreso al Muelle Damocles. Y
Sunny movía la caña como si toda su vida
hubiese sido timonel. Sólo Tía Josephine
tenía miedo. Llevaba puestos dos chale-

cos salvavidas en lugar de uno y a cada segundo gritaba «oh no», a pesar de que no sucedía nada terrorífico.

—Oh no —dijo Tía Josephine—, en serio.

—¿Qué pasa, Tía Josephine? —dijo Violet con voz cansada.

El barco había llegado a la mitad del trayecto. Las aguas seguían estando bastante tranquilas y el faro seguía alumbrando, un punto de pálida luz púrpura. No parecía haber causa de alarma.

—Estamos a punto de entrar en el territorio de las Sanguijuelas del lago —dijo Tía Josephine.

—Estoy seguro de que pasaremos sin peligro —dijo Klaus, mirando por el catalejo para ver si el Muelle Damocles estaba ya a la vista—. Tú misma nos dijiste que las sanguijuelas eran inofensivas y que sólo atacaban a peces pequeños.

—A menos que hayas comido recientemente —señaló Tía Josephine.

—Pero han pasado horas desde que comimos la última vez —dijo Violet en tono consolador—. Lo último que hemos comido son los caramelos de menta en El Payaso Complaciente. Eso ha sido por la tarde y ahora estamos en plena noche.

Tía Josephine bajó la mirada y se apartó de la borda–. Pero yo me he comido un plátano –susurró– justo antes de que llegaseis.

–Oh no –dijo Violet.

Sunny dejó de mover la caña y miró al agua con preocupación.

–Estoy seguro de que no hay de qué asustarse –dijo Klaus–. Las sanguijuelas son unos animales muy pequeños. Si estuviésemos en el agua tendríamos motivos para sentir miedo, pero no creo que ataquen un barco. Además, quizás el huracán *Herman* las haya asustado y haya hecho que se alejen. Apuesto a que las Sanguijuelas del Lacrimógeno ni siquiera aparecen.

Klaus pensó que ya había acabado de hablar, pero al instante añadió otra frase. La frase fue «hablando del papa de Roma», y es una expresión que se utiliza cuando estás hablando de alguien y justo entonces aparece. Por ejemplo, si estáis celebrando un pícnic en un lugar no autorizado y alguien dice: «Espero que no aparezca un guardia», y en aquel preciso instante aparece uno, alguien puede decir: «Hablando del papa de Roma...», y otro concluir «... por la puerta asoma», antes de recoger la manta y la tortilla de patata y dirigirnos hacia un buen restaurante. Pero en el caso de los huérfanos Baudelaire, estoy seguro de que sabéis qué ocurrió para que Klaus usase esa expresión.

—Hablando del papa de Roma... —dijo Klaus, mirando las aguas del lago.

De las oscuras aguas surgieron formas delgadas y casi invisibles a la luz de la luna. Las formas eran ligeramente mayores que un dedo y al principio parecía como si alguien estuviese nadando en el lago y tamborileando con los dedos la superficie del agua. Pero la mayoría de la gente sólo tiene diez dedos y, en los minutos siguientes, aparecieron centenares de esas formas pequeñas, culebreando hambrientas por todas partes en dirección al barco. Las Sanguijuelas del Lacrimógeno emitían un sonido débil y susurrante en el agua cuando nadaban, y era como si los huérfanos Baudelaire estuviesen rodeados por personas que murmuraban terribles secretos. Los niños observaron en silencio cómo se acercaba el enjambre al barco, y golpeaban ligeramente la madera. Sus boquitas de sanguijuela se torcían decepcionadas al intentar comerse el barco. Las sanguijuelas son ciegas, pero no son estúpidas, y las Sanguijuelas del Lacrimógeno sabían que no se estaban comiendo un plátano.

–¿Veis? –dijo Klaus nervioso, mientras seguía el golpeteo de las bocas de las sanguijuelas–. Estamos a salvo.

–Sí –dijo Violet, que no estaba segura en absoluto de que estuviesen perfectamente a salvo, pero creyó oportuno decirle a Tía Josephine que estaban perfectamente a salvo–. Estamos perfectamente a salvo.

El golpeteo continuó y se hizo un poco más fuerte y agresivo. La frustración es un estado emocional interesante, porque tiende a sacar lo peor de quien está frustrado. Los niños frustrados tienden a escupir la comida y tirarlo todo al suelo. Los ciudadanos frustrados tienden a ejecutar reyes y reinas y a crear una democracia. Y las mariposas frustradas tienden a golpearse contra las bombillas y dejar las luces llenas de polvo. Pero, al contrario que los niños, los ciudadanos y las mariposas, las sanguijuelas son para empezar algo bastante desagradable. Ahora que las Sanguijuelas del Lacrimógeno se estaban frustrando, todas las personas a bordo del barco de vela estaban bastante ansiosas por ver qué iba a ocurrir cuando la frustración sacase lo peor de las sanguijuelas. Por un rato las pequeñas criaturas intentaron y volvieron a intentar comerse la madera, pero sus dientecitos no consiguieron otra cosa que producir un desagradable sonido. Entonces, todas a una, dejaron de golpear, y los Baudelaire las vieron alejarse del barco.

—Se están yendo —dijo Klaus, esperanzado.

Pero no se estaban yendo. Cuando las sanguijuelas llegaron a una distancia considerable dieron, de repente, media vuelta con sus cuerpecitos y regresaron a toda prisa hacia el barco. Con un fuerte *¡twack!*, todas las sanguijuelas golpearon el

barco más o menos al mismo tiempo, y el barco
osciló precariamente, palabra que aquí significa
«de tal forma que casi lanza a Tía Josephine y a
los jóvenes Baudelaire a su perdición». Los cuatro pasajeros volaron de un lado para otro y casi
cayeron en las aguas del lago, donde las sanguijuelas se estaban retirando para otro ataque.

—¡Yadec! —gritó Sunny, y señaló un lado del
barco.

Yadec, claro está, no es un inglés gramaticalmente correcto, pero incluso Tía Josephine comprendió que la más joven Baudelaire quería decir: «¡Mirad la grieta que las sanguijuelas han
abierto en el barco!». Era pequeña, del tamaño
de un lápiz y el grosor de un cabello, y estaba
curvada hacia abajo, de forma tal que parecía que
el barco les estuviese frunciendo el entrecejo. Si
las sanguijuelas seguían golpeando el casco del
barco, el entrecejo se haría más y más grande.

—Tenemos que navegar mucho más aprisa
—dijo Klaus— o en menos de nada este barco estará hecho añicos.

—Pero la navegación depende del viento —señaló Violet—. No podemos hacer que el viento vaya más aprisa.

—Tengo miedo —gritó Tía Josephine—. ¡Por favor, no me tiréis por la borda!

—Nadie va a tirarte por la borda —dijo Violet con impaciencia, aunque siento deciros que Violet se equivocaba—. Tía Josephine, coge un remo. Klaus, coge el otro. Si usamos la vela, el timón y los remos, deberíamos movernos más aprisa.

¡Twack! Las Sanguijuelas del Lacrimógeno golpearon el flanco del barco, ensanchando la grieta y volviendo a hacer que se tambaleara. Una de las sanguijuelas cayó, por la fuerza del impacto, en el interior, y se retorcía hacia todos lados por el suelo, rechinando los dientecitos mientras buscaba comida. Klaus, con una mueca, se acercó con sigilo hacia ella e intentó sacarla con una patada del barco, pero la sanguijuela se agarró a su zapato y empezó a roer la piel. Con un grito de asco, Klaus movió la pierna y la sanguijuela volvió a caer al suelo del barco, alar-

gando su cuellecito y abriendo y cerrando su boca. Violet tomó el palo largo con la red en el extremo, recogió la sanguijuela y la lanzó al mar.

¡*Twack!* La grieta se abrió lo suficiente para que empezase a entrar un poco de agua y formara un charquito en el suelo del barco.

—Sunny —dijo Violet—, vigila ese charco. Y cuando se haga más grande, utiliza el cubo para echar el agua al lago.

—¡Mofee! —gritó Sunny, lo que significaba: «Cuenta con ello».

El murmullo se reanudó cuando las sanguijuelas se alejaron para un nuevo ataque. Klaus y Tía Josephine empezaron a remar con todas sus fuerzas, mientras Violet ajustaba la vela y sostenía la red en la mano por si alguna otra sanguijuela subía a bordo.

¡*Twack!* ¡*Twack!* Esta vez hubo dos fuertes ruidos, uno en el flanco del barco y otro en el fondo, donde se abrió inmediatamente un boquete. Las sanguijuelas se habían dividido en dos equipos, lo cual sería una buena noticia si se quiere jugar al fútbol, pero mala si estás siendo atacado. Tía Josephine emitió un grito de horror. Ahora el agua entraba en el barco por dos sitios, y Sunny abandonó el timón para achicar el agua. Klaus dejó de remar y sacó el remo del agua sin decir palabra. El remo tenía algunas marcas de mordisquitos: el trabajo de las Sanguijuelas del Lacrimógeno.

—Remar no va a funcionar —le dijo Klaus con voz grave a Violet—. Si remamos un segundo más, se comerán los remos.

Violet observó a Sunny gateando con el cubo lleno de agua.

—De todas formas remar no iba a servir de nada —dijo ella—. El barco se está hundiendo. Necesitamos ayuda.

Klaus paseó la mirada por las oscuras y tranquilas aguas, vacías si exceptuamos el barco y el enjambre de sanguijuelas.

—¿Dónde podemos conseguir ayuda en medio de un lago? —preguntó.

—Tenemos que hacer alguna señal de socorro —dijo Violet.

Violet se metió la mano en el bolsillo y sacó un lazo. Le pasó la red de pescar a Klaus y utilizó el lazo para recogerse el pelo, manteniéndolo fuera de sus ojos. Klaus y Sunny la miraban, y sabían que sólo se recogía el pelo así cuando estaba pensando en algún invento, y en aquel momento necesitaban un invento desesperadamente.

—Eso está bien —le dijo Tía Josephine a Violet—, cierra los ojos. Es lo que yo hago cuando tengo miedo y siempre me ayuda a eliminarlo.

—No está eliminando nada —dijo Klaus de mal humor—. Se está concentrando.

Klaus tenía razón. Violet se concentró tanto como le fue posible, devanándose los sesos en busca de una buena forma de pedir socorro. Pensó en alarmas de incendio. Con luces destellantes y fuertes sirenas, las alarmas de incendio eran una forma excelente de pedir ayuda. A pesar de que, evidentemente, los huérfanos Baudelaire sabían con tristeza que algunas veces la ayuda contra incendios llega demasiado tarde para salvar la vida de las personas, una alarma de incendio seguía siendo un buen invento, y Violet intentó pensar en la forma de imitarla utilizando los materiales que tenía a su alrededor. Necesitaba emitir un fuerte sonido para captar la atención de alguien. Y necesitaba emitir una luz destellante para que ese alguien supiese dónde estaban.

¡*Twack!* ¡*Twack!* Los dos equipos de sanguijuelas volvieron al ataque y hubo un *splash* cuando entró más agua en el velero. Sunny empezó a llenar el cubo de agua, pero rápidamente Violet se acercó a ella y le quitó el cubo de las manos.

—¿Bero? —exclamó Sunny, lo que significaba «¿estás loca?», pero Violet no tenía tiempo para contestar: «No, la verdad es que no». De modo que se limitó a decir «no», y, sosteniendo el cubo con una mano, empezó a subir por el mástil. Ya es bastante difícil subir por el mástil de un barco, pero la dificultad se ve triplicada si el barco está siendo atacado por un grupo de sanguijuelas hambrientas; permitidme pues que os advierta que es otra cosa que no deberíais hacer bajo ninguna circunstancia. Pero Violet Baudelaire era una *wunderkind*, palabra alemana que aquí significa «alguien capaz de escalar rápidamente mástiles de barcos que están siendo atacados por sanguijuelas», y pronto estuvo en lo más alto del oscilante mástil. Cogió el cubo y lo colgó por el asa en la punta del mástil, de forma que se balanceara de aquí para allá, como la campana de un campanario.

—No pretendo interrumpirte —dijo Klaus, recogiendo con la red una sanguijuela furiosa y lanzándola lo más lejos posible—, pero este barco se está hundiendo. Por favor, date prisa.

Violet se dio prisa. Rápidamente, se agarró a un extremo de la vela y, respirando hondo, se lanzó de un salto al suelo del barco. Tal como había esperado, la vela se rompió con su caída, lo cual hizo que ella cayese más lentamente y se quedase con un trozo grande de tela en la mano. El barco ya estaba bastante lleno de agua, y Violet se acercó chapoteando a Tía Josephine, esquivando las numerosas sanguijuelas que Klaus iba sacando del barco lo más aprisa posible.

–Necesito tu remo –dijo Violet, mientras hacía una bola con el trozo de vela– y tu redecilla.

–Te puedes quedar con el remo –dijo Tía Josephine entregándoselo–. Pero necesito mi redecilla. Mantiene mi moño en su sitio.

–¡Dale la redecilla! –gritó Klaus, saltando a uno de los asientos cuando una sanguijuela intentó morderle la rodilla.

–Pero me da miedo tener pelo en la cara –se quejó Tía Josephine, justo cuando otro par de *¡twack!* golpearon el barco.

–¡No tengo tiempo para discutir contigo! –gritó Violet–. ¡Estoy intentando salvar nuestras vidas de todos! ¡Dame tu redecilla ahora mismo!

–La expresión –dijo Tía Josephine –es *salvar nuestras vidas* no *nuestras vidas de todos*.

Pero Violet ya había oído suficiente. Chapoteando y evitando un par de sanguijuelas, la mayor de los Baudelaire se acercó a Tía Josephine y le quitó la redecilla de la cabeza. Envolvió el trozo de vela en la redecilla, y luego cogió la caña e insertó la bola en el anzuelo. Parecía estar a punto de ir a pescar alguna clase de pez al que le gustase comer velamen y accesorios para el pelo.

¡Twack! ¡Twack! El barco se movió hacia un lado y después hacia el otro. Las sanguijuelas ya casi habían conseguido abrirse paso por el flanco. Violet cogió el remo y empezó a frotarlo contra el barco lo más aprisa y fuerte que pudo.

—¿Qué haces? —preguntó Klaus, mientras atrapaba a tres sanguijuelas con un solo movimiento de la red.

—Estoy intentando crear fricción —dijo Violet—. Si froto dos trozos de madera, crearé fricción. La fricción crea chispas. Cuando consiga una chispa, prenderé fuego a la vela y la redecilla, y las utilizaré como señal.

—¿Quieres encender un fuego? —gritó Klaus—. ¡Un fuego significará todavía más peligro!

—No si lo coloco por encima de nuestras cabezas en el palo con la red —dijo Violet—. Eso es lo que voy a hacer, y golpear el cubo como si de una campana se tratase. Debería ser una señal suficiente para conseguirnos alguna ayuda.

Frotó y frotó el remo contra el flanco del barco, pero no surgió ninguna chispa. La triste realidad era que la madera estaba demasiado mojada por culpa del huracán *Herman* y del Lago Lacrimógeno como para crear la fricción suficiente para empezar un fuego. Era una buena idea, pero Violet comprendió, mientras frotaba y frotaba sin obtener resultado, que era la idea equivocada. *¡Twack! ¡Twack!* Violet miró a su alrededor, a Tía Josephine y a sus aterrorizados hermanos, y sintió que la esperanza se desvanecía de su corazón con la misma rapidez con que el agua entraba en el barco.

—No está funcionando —dijo Violet tristemente, y sintió que las lágrimas le recorrían las mejillas.

Pensó en la promesa que les había hecho a sus padres poco antes de que muriesen, la promesa de que siempre cuidaría de sus hermanos pequeños. Las sanguijuelas pululaban alrededor del barco que se hundía, y Violet sentía que no había cumplido su promesa.

—No está funcionando —repitió, y, presa de la

desesperación, dejó caer el remo–. Necesitamos un fuego, pero yo no puedo inventármelo.

–Está bien –dijo Klaus, aunque estaba claro que nada estaba bien–. Pensaremos algo.

–Tintet –dijo Sunny, lo que significaba algo parecido a: «No llores. Lo has hecho lo mejor que has podido». Pero Violet siguió llorando. Es muy fácil decir que lo importante es hacerlo lo mejor que has podido, pero, si estás metido en serios problemas, lo más importante no es hacerlo lo mejor que has podido sino ponerte a salvo. El barco se movía de un lado a otro, y el agua entraba por las grietas, y Violet lloraba porque parecía que nunca se pondrían a salvo. Moviendo compulsivamente los hombros a causa de los sollozos, miró por el catalejo para ver si, por suerte, había algún barco cerca, o si la marea había llevado al barco hasta la orilla, pero cuanto pudo ver fue la luz de la luna reflejada en las rizadas aguas del lago. Y era una suerte. Porque, en cuanto Violet vio el reflejo, recordó los principios científicos de la convergencia y la refracción de la luz.

Los principios científicos de la convergencia y la refracción de la luz son muy confusos y no tienen sentido para mí, ni siquiera cuando mi amigo el doctor Lorenz me los explica. Pero tuvieron mucho sentido para Violet. Pensó al instante en una historia que su padre le había contado hacía mucho tiempo, justo cuando había empezado a sentir interés por la ciencia. Cuando su padre era un chico, tenía un primo malvado al que le gustaba conseguir un fuego centrando la luz del sol con su lupa y quemar hormigas. Quemar hormigas, claro, es un hobby aborrecible –la palabra «aborrecible» significa aquí «lo que solía hacer el Conde Olaf cuando tenía vuestra edad»–, pero recordar la historia le hizo pensar a Violet que podía utilizar la lente del catalejo para centrar la luz de la luna y hacer un fuego. Sin perder ni un segundo, agarró el catalejo, quitó la lente y, mirando la luna, giró la lente en el ángulo que calculó a toda prisa.

La luz de la luna pasó por la lente y se vio concentrada en un largo y delgado haz de luz, como un hilo brillante dirigido directamente al trozo de vela envuelto como una pelota por la redecilla de Tía Josephine. En un momento el hilo se había convertido en una pequeña llama.

—¡Es milagroso! —gritó Klaus cuando la llama se hizo más grande.

—¡Es increíble! —gritó Tía Josephine.

—¡Fonti! —gritó Sunny.

—¡Son los principios científicos de la convergencia y la refracción de la luz! —gritó Violet secándose los ojos.

Avanzando con cuidado para evitar las sanguijuelas y para no apagar el fuego, se dirigió a la parte delantera del barco. Con una mano cogió el remo y golpeó el cubo, haciendo un fuerte ruido para captar la atención de alguien. Con la otra mano sostenía en lo alto el palo con la red, provocando una fuerte luz para que ese alguien supiese dónde estaban. Violet levantó la vista y observó aquel artefacto de señales casero, que finalmente se había encendido gracias a la tonta historia ridícula que su padre le había contado en cierta ocasión. El primo de su padre, quemador de hormigas, parecía una persona malvada, pero, si de repente hubiese aparecido en el barco, Violet le habría dado un fuerte abrazo.

Sin embargo, al poco rato la señal resultó ser un arma de doble filo, una frase que significa «mitad bueno y mitad malo». Alguien vio la señal casi de inmediato, alguien que ya estaba navegando por el lago, y que se dirigió hacia el paradero de los Baudelaire al instante. Violet, Klaus, Sunny e incluso Tía Josephine sonrieron al ver aparecer otro barco. Estaban siendo rescatados, y esa era la mitad buena. Pero sus sonrisas empezaron a desvanecerse cuando el barco se acercó y vieron quién lo estaba pilotando. Tía Josephine y los huérfanos vieron la pata de palo y la gorra azul de marinero y el parche en el ojo, y supieron quién estaba viniendo en su ayuda. Era el Capitán Sham, claro, y quizás se trataba de la mitad más mala del mundo.

–Bienvenidos a bordo –dijo el Capitán Sham, con una malvada sonrisa que mostraba sus asquerosos dientes–. Me alegra veros a todos. Creí que habíais muerto cuando la casa de la vieja cayó de la colina, pero por suerte mi compañero me dijo que habíais robado un barco y habíais huido. Y tú, Josephine, creía que habías hecho lo sensato y habías saltado por la ventana.

–He intentado hacer lo sensato –dijo Tía Josephine, con aspereza–. Pero estos niños han ido a buscarme.

El Capitán Sham sonrió. Hábilmente había gobernado su barco hasta dejarlo al lado del que habían robado los Baudelaire, y Tía Josephine y los niños pasaron por encima de la multitud de sanguijuelas para subir a bordo. Con un gorgoteo, *¡woosh!*, el velero se vio cubierto de agua y se hundió rápidamente en las profundidades del lago. Las Sanguijuelas del Lacrimógeno se agitaron alrededor del barco hundido, rechinando sus pequeños dientes.

—¿No vais a decir gracias, huérfanos? —preguntó el Capitán Sham, señalando el lugar del lago donde hasta hacía un momento había estado el barco de vela—. De no ser por mí, estaríais a pedacitos en los estómagos de esas sanguijuelas.

—Si no fuese por ti —dijo Violet furiosa—, para empezar, ahora no estaríamos en el Lago Lacrimógeno.

—De *eso* puedes echarle la culpa a la vieja —dijo el Capitán Sham, señalando a Tía Josephine—. Simular su propia muerte fue muy inteligente, pero no lo bastante. La fortuna de los Baudelaire y, desgraciadamente, los mocosos que la acompañan, ahora me pertenecen.

–No seas absurdo –dijo Klaus–. No te pertenecemos ni te perteneceremos nunca. Una vez le expliquemos al señor Poe lo ocurrido, te enviará a la cárcel.

–¿Sí? –dijo el Capitán Sham, girando el barco y navegando hacia el Muelle Damocles. Su ojo visible brillaba mucho, como si estuviese explicando un chiste–. El señor Poe me enviará a la cárcel, ¿eh? Pues, en este preciso instante, el señor Poe está dando los últimos toques a los papeles de vuestra adopción. En pocas horas, huérfanos, seréis Violet, Klaus y Sunny Sham.

–¡Neihab! –gritó Sunny, lo que significaba: «Yo soy Sunny Baudelaire y siempre seré Sunny Baudelaire, a menos que yo misma decida cambiarme legalmente el nombre!».

–Cuando expliquemos que forzaste a Tía Josephine a escribir una nota –dijo Violet–, el señor Poe romperá esos papeles de adopción en mil pedazos.

—El señor Poe no os creerá —dijo el Capitán Sham con una risita—. ¿Por qué debería creer a tres granujas que se han escapado y van por ahí robando barcos?

—¡Porque decimos la verdad! —gritó Klaus.

—Verdad, *veveverdad* —dijo el Capitán Sham.

Si algo no te importa o lo desprecias, una forma grosera de demostrarlo es decir la palabra repitiendo las primeras letras. Por ejemplo, alguien a quien no le importasen los dentistas podría decir «dentistas, *dededentistas*». Pero sólo una persona despreciable como el Capitán Sham podría despreciar de esta manera la verdad.

—Verdad, *veveverdad* —volvió a decir—. Creo que el señor Poe estará más predispuesto a creer al propietario de un respetable negocio de alquiler de barcos de vela que surgió en medio de un huracán para rescatar a tres desagradecidos ladrones de barcos.

—Sólo robamos el barco —dijo Violet— para rescatar a Tía Josephine de su escondite y que ella pudiese contarle a todos tu terrible plan.

—Pero tampoco nadie creerá a la vieja —dijo el Capitán Sham con impaciencia—. Nadie cree a una mujer muerta.

—¿Has perdido la vista de los *dos* ojos? —preguntó Klaus—. ¡Tía Josephine no está muerta!

El Capitán Sham volvió a sonreír y miró el lago. A escasos metros el agua estaba un poco agitada, porque las Sanguijuelas del Lacrimógeno nadaban en dirección al velero del Capitán Sham. Tras haber rastreado centímetro a centímetro el barco de los Baudelaire y no haber encontrado la comida que buscaban, las sanguijuelas se habían sentido víctimas de un engaño, y una vez más seguían el olor de plátano que aún persistía en Tía Josephine.

—*Todavía* no está muerta —precisó el Capitán Sham con una voz horrible y dio un paso hacia ella.

—Oh, no —dijo Tía Josephine, con ojos aterrorizados—. No me tires por la borda —suplicó—. ¡*Por favor!*

—No vas a revelarle mi plan al señor Poe —dijo

el Capitán Sham dando otro paso hacia la mujer aterrorizada–, porque vas a unirte a tu amado Ike en el fondo del lago.

–No, no lo harás –dijo Violet, cogiendo una cuerda–. Voy a llevar el barco a la costa antes de que puedas hacerlo.

–Yo te ayudo –dijo Klaus, corriendo a popa y cogiendo la caña del timón.

–¡Iga! –gritó Sunny, lo que significaba algo parecido a: «Y yo protegeré a Tía Josephine».

Gateó hasta ponerse delante de la tutora de los Baudelaire y le enseñó los cuatro afilados dientes al Capitán Sham.

–¡Prometo no decirle nada al señor Poe! –gimió Tía Josephine desesperadamente–. Me iré a algún lugar y me esconderé, ¡y nunca volverán a ver mi rostro! ¡Puedes decirle que estoy muerta! ¡Puedes quedarte con la fortuna! ¡Puedes quedarte con los niños! ¡Pero no me eches a las sanguijuelas!

Los huérfanos Baudelaire miraron a su tutora horrorizados.

–Se supone que tienes que cuidar de nosotros –le dijo Violet a una Tía Josephine anonadada–, ¡no usarnos como moneda de cambio!

El Capitán Sham se detuvo y pareció considerar la oferta de Tía Josephine.

–Tienes razón en una cosa –dijo–. No tengo necesariamente que matarte. Bastará que la gente *crea* que estás muerta.

–¡Me cambiaré el nombre! –dijo Tía Josephine–. ¡Me teñiré el pelo! ¡Llevaré lentes de contacto de otro color! ¡Y me iré muy, muy lejos! ¡Nadie sabrá nada de mí!

–Pero, ¿y qué hay de nosotros, Tía Josephine –preguntó Klaus horrorizado–. ¿Qué pasa con *nosotros*?

–Silencio, huérfano –soltó bruscamente el Capitán Sham, mientras las Sanguijuelas del Lacrimógeno alcanzaban el barco y empezaban a golpear la madera.

–Están hablando los adultos –prosiguió–. Bueno, vieja, me gustaría poder creerte. Pero no hayas sido una persona muy fiable.

—*Has* sido —corrigió Tía Josephine, secándose una lágrima.

—¿Qué? —preguntó el Capitán Sham.

—Has hecho un error gramatical —dijo Tía Josephine—. Has dicho «pero no hayas sido una persona muy fiable» cuando deberías haber dicho «no *has* sido una persona muy fiable».

El único y brillante ojo del Capitán Sham parpadeó y su boca se torció dibujando una terrible sonrisa.

—Gracias por señalármelo —dijo, y dio un último paso hacia Tía Josephine. Sunny le gruñó, él bajó la mirada y, con un rápido movimiento de su pata de palo, envió a Sunny al otro extremo del barco.

—Deja que me asegure de que comprendo toda la lección gramatical —le dijo—, como si nada hubiese ocurrido, a la tutora de los Baudelaire, que ahora estaba temblando—. Tú no dirías: «Josephine Anwhistle *había* sido echada por la borda a las sanguijuelas», porque eso sería incorrecto. Pero si dijeses: «Josephine Anwhistle *ha* sido echada por la borda a las sanguijuelas», eso te parecería correcto.

—Sí —dijo Tía Josephine—. Quiero decir *no*. Quiero decir...

Pero Tía Josephine no pudo decir nunca lo que quería decir. El Capitán Sham se situó ante ella y, con las dos manos, la empujó por la borda. Con un leve grito y un fuerte *spash* la tía Josephine cayó a las aguas del Lago Lacrimógeno.

—*¡Tía Josephine!* —gritó Violet—. *¡Tía Josephine!*

Klaus se inclinó por la popa del barco y alargó las manos cuanto pudo. Gracias a los dos salvavidas, Tía Josephine flotaba en el agua y agitaba las manos mientras las sanguijuelas se acercaban. Pero el Capitán Sham ya estaba tirando de las cuerdas de la vela y Klaus no pudo agarrarla.

—*¡Desalmado!* —le gritó Klaus al Capitán Sham—. *¡Malvado desalmado!*

—Esa no es manera de hablar a tu padre —dijo el Capitán Sham sin perder la calma.

Violet intentó quitarle una cuerda de la mano al Capitán Sham.

–¡Da media vuelta! –gritó–. ¡Da media vuelta!

–Ni en sueños –contestó él sin alterarse–. Decidle adiós a la vieja con la mano, huérfanos. Nunca volveréis a verla.

Klaus se estiró tanto como pudo.

–¡No te preocupes, Tía Josephine! –gritó.

Pero su voz reveló que él también estaba muy preocupado. El barco se había alejado bastante de Tía Josephine, y los huérfanos sólo podían ver las palmas de sus manos agitándose por encima de las oscuras aguas.

–Tiene una posibilidad –le dijo Violet a Klaus, mientras navegaban hacia el muelle–. Tiene esos salvavidas y es una buena nadadora.

–Eso es cierto –dijo Klaus con voz triste y temblorosa–. Ha vivido junto al lago toda su vida. Quizás conozca una ruta de escape.

–Legru –dijo Sunny en voz baja, lo cual significaba: «Todo lo que podemos hacer es tener esperanza».

Los tres huérfanos se abrazaron temblando de frío y de miedo, mientras el Capitán Sham pilotaba solo el barco. No se atrevían a hacer nada, salvo mantener la esperanza. Sus sentimientos hacia Tía Josephine se mezclaban en sus mentes. Los Baudelaire no se lo habían pasado realmente bien el tiempo que vivieron con ella; no porque cocinase fatal o les hiciese regalos que no les gustaban, ni porque siempre les corrigiese la gramática, sino porque tenía tanto miedo de todo que hacía imposible disfrutar de nada. Y lo peor era que el miedo había hecho de Tía Josephine una mala tutora. Una tutora se supone que tiene que quedarse con los niños y protegerlos, pero Tía Josephine había huido a la primera señal de peligro. Una tutora se supone que tiene que ayudar a los niños en los momentos difíciles, pero casi tuvieron que sacar a rastras a Tía Josephine de la Cueva Sombría cuando la necesitaron. Y una tutora se supone que tiene que proteger a los niños del peligro, pero Tía Josephine había ofrecido al Capitán Sham los huérfanos a cambio de su propia seguridad.

Pero, a pesar de todos los defectos de Tía Josephine, los huérfanos seguían preocupados por ella. Les había enseñado muchas cosas, aunque la mayoría resultasen aburridas. Les había proporcionado un hogar, aunque fuese frío e incapaz de aguantar huracanes. Y los niños sabían que Tía Josephine, como los mismos Baudelaire, había vivido cosas terribles. Así que, cuando perdieron de vista a su tutora y las luces del Muelle Damocles estuvieron más y más cerca, Violet, Klaus y Sunny no pensaron: «Josephine, jojojosephine». Pensaron: «Esperemos que Tía Josephine esté a salvo».

El Capitán Sham llevó el barco directamente a la orilla y lo amarró de forma experta al muelle.

—Venid, pequeños idiotas —dijo y llevó a los Baudelaire hacia la verja alta de metal rematada con los pinchos brillantes, donde el señor Poe esperaba con el pañuelo en la mano y una mirada de alivio en el rostro. Junto al señor Poe estaba la criatura brobdinggnagiana, que los miraba con expresión de triunfo.

—¡Estáis a salvo! —dijo el señor Poe— ¡Gracias a Dios! ¡Estábamos tan preocupados por vosotros!

Cuando el Capitán Sham y yo llegamos a la casa de Anwhistle y vimos que había caído al agua, ¡creímos que habíais muerto!

—Suerte que mi socio me dijo que habían robado un velero —le dijo el Capitán Sham al señor Poe—. El barco estaba casi destruido por el huracán *Herman* y por un enjambre de sanguijuelas. Les he rescatado justo a tiempo.

—¡No es cierto! —gritó Violet—. ¡Ha tirado a Tía Josephine al lago! ¡Tenemos que ir a rescatarla!

—Los niños están tristes y confundidos —dijo el Capitán Sham, y su ojo brillaba—. Como padre, creo que necesitan dormir unas buenas horas.

—¡Él no es nuestro padre! —gritó Klaus—. ¡Es el Conde Olaf, y es un asesino! ¡Por favor, señor Poe, avise a la policía! ¡Tenemos que salvar a Tía Josephine!

—Oh, niños —dijo el señor Poe, tosiendo en su pañuelo—. Klaus, estás *realmente* confundido. Tía Josephine está muerta, ¿recuerdas? Se tiró por la ventana.

—No, no —dijo Violet—. Su nota de suicidio contenía un mensaje secreto. Klaus descodificó la nota y en ella ponía «Cueva Sombría».

—Eso no tiene ningún sentido —dijo el señor Poe—. ¿De qué cueva me estáis hablando?

—Klaus —dijo Violet a su hermano—, enséñale la nota al señor Poe.

—Puedes enseñársela por la mañana —dijo el Capitán Sham con un falso tono tranquilizador—. Necesitáis dormir. Mi socio os acompañará a mi apartamento, mientras yo me quedo aquí y finalizo el papeleo de la adopción con el señor Poe.

—Pero... —dijo Klaus.

—Nada de peros —replicó el Capitán Sham—. Estás muy turbado, que significa «confuso».

—Ya *sé* lo que significa —dijo Klaus.

—*Por favor* escúchenos —le suplicó Violet al señor Poe—. Es cuestión de vida o muerte. *Por favor*, eche un vistazo a la nota.

—Podéis enseñársela —dijo el Capitán Sham, su voz elevándose por el enojo— *por la mañana*.

Ahora, por favor, seguid a mi socio a la furgoneta y meteros directamente en la cama.

—Espere un segundo, Capitán Sham —dijo el señor Poe—. Si eso importa tanto a los niños, echaré un vistazo a la nota. Nos llevará sólo un momento.

—Gracias —dijo Klaus aliviado, y se metió la mano en el bolsillo para sacar la nota.

Pero, en cuanto su mano se introdujo en el bolsillo, su rostro mostró decepción, y estoy seguro de que imagináis por qué. Si colocas un trozo de papel en tu bolsillo y quedas empapado en un huracán, el trozo de papel, por muy importante que sea, se convertirá en una pasta. Klaus sacó una masa mojada de su bolsillo, y los huérfanos se quedaron mirando los restos de la nota de Tía Josephine. Casi no se podía decir ni que había sido un trozo de papel, para no hablar de poder leer la nota o el secreto que contenía.

—Esto *era* la nota —dijo Klaus entregándosela al señor Poe—. Tendrá que creer en nuestra palabra cuando decimos que Tía Josephine seguía viva.

—¡Y quizá *siga* viva! —gritó Violet—. *Por favor*, señor Poe, ¡envíe a alguien a rescatarla!

—Oh, niños míos —dijo el señor Poe—. Estáis tan tristes y preocupados. Pero ya no tenéis que preocuparos más. Siempre he prometido encargarme de vosotros y creo que el Capitán Sham llevará a cabo un excelente trabajo educándoos. Tiene un negocio estable y no parece dado a tirarse por la ventana. Y está claro que se preocupa mucho por vosotros, ya que ha salido a buscaros solo, en medio de un huracán.

—Lo único que le preocupa —dijo Klaus amargamente— es nuestra fortuna.

—Bueno, eso no es cierto —dijo el Capitán Sham—. No quiero ni un centavo de vuestra fortuna. Excepto, claro está, lo necesario para pagar el barco que habéis robado y hundido.

El señor Poe frunció el entrecejo y tosió en su pañuelo.

—Bueno, es una petición bastante sorprendente —dijo—, pero supongo que podremos arreglarlo. Venga, niños, por favor, id a vuestro nuevo hogar mientras yo hago los últimos acuerdos con el Capitán Sham. Quizás mañana tengamos tiempo para desayunar juntos antes de que yo regrese a la ciudad.

—*Por favor* —imploró Violet—. *Por favor*, ¿no nos va a escuchar?

—*Por favor* —imploró Klaus—. *Por favor*, ¿no nos va a creer?

Sunny no dijo nada. Sunny llevaba mucho rato sin decir nada y, si sus hermanos no hubiesen estado tan ocupados intentando razonar con el señor Poe, se habrían dado cuenta de que ni siquiera les miraba. Durante toda esa conversación, Sunny había estado mirando al frente, y si eres un bebé eso significa mirando las piernas de la gente. La pierna que estaba mirando era la del Capitán Sham. No estaba mirando su pierna derecha, que era perfectamente normal, sino su pata de palo. Estaba mirando el pedazo de madera oscura pulida atado a su rodilla izquierda con un gozne curvo metálico, y se estaba concentrando mucho.

Puede sorprenderos saber que en aquel momento Sunny parecía el famoso conquistador griego Alejandro Magno. Alejandro Magno vivió hace más de dos mil años y su apellido no era realmente «Magno». «Magno» era lo que él obligaba que le llamase la gente, metiendo un grupo de soldados en sus tierras y autoproclamándose rey. Aparte de invadir los países de otras personas y forzarlos a hacer lo que él quisiese, Alejandro Magno fue famoso por algo llamado «nudo gordiano». El nudo gordiano era un nudo hecho en un trozo de cuerda por un rey llamado Gordius. Gordius dijo que si Alejandro lograba deshacerlo, podría gobernar todo el reino. Pero Alejandro, que estaba demasiado ocupado conquistando sitios como para aprender a deshacer nudos, sacó simplemente la espada y cortó el nudo gordiano por la mitad. Fue hacer trampas, claro, pero Alejandro tenía demasiados soldados para que Gordius se atreviese a quejarse, y al poco tiempo toda la gente de Gordium tuvo que arrodillarse ante Ya-Sabes-Quién Magno. Desde entonces, a un problema difícil se le puede llamar un nudo gordiano, y si resuelves el problema de forma sencilla —aunque sea un poco ruda— estás deshaciendo el nudo gordiano.

El problema que se les planteaba a los huérfanos Baudelaire podría sin duda ser denominado un nudo gordiano, porque parecía imposible de resolver. El problema, evidentemente, era que el despreciable plan del Capitán Sham estaba a punto de tener éxito, y la forma de solucionarlo era convencer al señor Poe de lo que realmente estaba sucediendo. Pero, con Tía Josephine en el lago y su nota convertida en una bola de papel mojado, Violet y Klaus eran incapaces de convencer al señor Poe de nada. Sin embargo, Sunny observaba la pata de palo del Capitán Sham y pensó en una forma simple y ruda de resolver el problema.

Mientras todas las personas más altas discutían y no prestaban la más mínima atención a Sunny, la más pequeña de los Baudelaire gateó hasta llegar tan cerca como pudo de la pata de palo, abrió la boca y la mordió con todas sus fuerzas. Por suerte para los Baudelaire, los dientes de Sunny eran afilados como la espada de Alejandro Magno y la pata de palo del capitán Sham se partió por la mitad con un *¡crack!* que hizo que todos bajasen la mirada.

Como seguro habréis imaginado, la pata de palo era falsa y se abrió por la mitad, para dejar al descubierto la pierna real del Capitán Sham, pálida y sudada de la rodilla a los dedos del pie. Pero no fueron la rodilla ni los dedos lo que captó la atención de todos. Fue el tobillo. Pues allí, en la pálida y sudada piel del Capitán Sham, estaba la solución del problema. Al morder la pata de palo, Sunny había cortado el nudo gordiano porque, cuando los trozos de madera de la falsa pata de palo cayeron al suelo del Muelle Damocles, todos pudieron ver el tatuaje de un ojo.

El señor Poe pareció anonadado. Violet pareció
aliviada. Klaus pareció apaciguado, que es
una forma estrafalaria de decir «aliviado» que había aprendido leyendo el
artículo de una revista. Sunny
pareció triunfante. El hombre
que no parecía ni un hombre ni
una mujer pareció decepcionado.
Y el Conde Olaf –es un alivio
tan grande llamarlo por su nombre real– al principio pareció asustado

pero, con el parpadeo de su ojo brillante, cambió la cara para parecer tan anonadado como el señor Poe.

—¡Mi pierna! —gritó el Conde Olaf con falsa alegría—. ¡Mi pierna ha vuelto a crecer! ¡Es alucinante! ¡Es maravilloso! ¡Es un milagro médico!

—Oh, venga ya —dijo el señor Poe cruzándose de brazos—. Eso no va a colar. Hasta un niño puede ver que tu pata de palo era falsa.

—Un niño *sí* lo ha visto —le susurró Violet a Klaus—. *Tres* niños, de hecho.

—Bueno, quizás la pata de palo era falsa —admitió el Conde Olaf y dio un paso atrás—. Pero nunca en mi vida había visto este tatuaje.

—Oh, venga ya —volvió a decir el señor Poe—. Eso tampoco va a colar. Has intentado ocultar el tatuaje con la pata de palo, pero ahora podemos ver que en realidad eres el Conde Olaf.

—Bueno, quizás el tatuaje sea mío —admitió el Conde Olaf y dio otro paso atrás—. Pero yo no soy el tal Conde Olaf. Soy el Capitán Sham. Mire, tengo una tarjeta comercial que así lo dice.

—Oh, venga ya —volvió a repetir el señor Poe—. Eso no va a colar. Cualquiera puede ir a una imprenta y hacerse tarjetas donde ponga cualquier cosa que a uno le apetezca.

—Bueno, quizás no soy el Capitán Sham —admitió el Conde Olaf—, pero los niños siguen siendo míos. Es lo que dijo Josephine.

—Oh, venga ya —dijo el señor Poe por cuarta y última vez—. Eso no va a colar. Tía Josephine le dejó los niños al Capitán Sham, no al Conde Olaf. Y tú eres el Conde Olaf, no el Capitán Sham. Así pues, vuelve a depender de mí quién se va a hacer cargo de los Baudelaire. Voy a enviar a estos tres chicos a algún otro lugar, y a ti te voy a enviar a la cárcel. Has llevado a cabo tus maldades por última vez, Olaf. Intentaste robar la fortuna de los Baudelaire casándote con Violet. Intentaste robar la fortuna de los Baudelaire matando al Tío Monty.

—Y éste —gruñó el Conde Olaf— ha sido mi mejor plan hasta el momento. —Se quitó el parche, que evidentemente era tan falso como la pata de palo, y miró a los Baudelaire con sus dos brillantes ojos–. No me gusta fanfarronear... pero ¿por qué tengo que seguir diciéndoos mentiras?, *adoro* fanfarronear, y forzar a la estúpida vieja a escribir esa nota fue algo de lo que realmente se puede fanfarronear. ¡Menuda boba la tal Josephine!

–¡No era boba! –gritó Klaus–. ¡Era buena y dulce!

–¿*Dulce?* –repitió el Conde Olaf con una horrible sonrisa–. Bueno, en este preciso instante las Sanguijuelas del Lacrimógeno la deben estar encontrando muy dulce. Quizás sea el desayuno más dulce que hayan comido jamás.

El señor Poe frunció el entrecejo y tosió en su pañuelo blanco.

–Basta ya de tus repugnantes palabras, Olaf –dijo con dureza–. Ahora te hemos pillado y no hay forma de que escapes. El departamento de policía del Lago Lacrimógeno estará encantado de capturar a un conocido criminal buscado por fraude, por asesinato y por poner en peligro a unos niños.

—E incendio provocado —soltó el Conde Olaf.

—*He dicho que ya basta* —gruñó el señor Poe.

El Conde Olaf, los huérfanos Baudelaire e incluso la enorme criatura se sorprendieron de que el señor Poe hubiese hablado con tanta dureza.

—Has atacado a estos niños por última vez —prosiguió— y voy a asegurarme de que seas entregado a las autoridades correspondientes. Disfrazarte no va a funcionar. Decir mentiras no va a funcionar. De hecho, no puedes hacer nada para cambiar tu situación.

—¿De verdad? —dijo el Conde Olaf y sus asquerosos labios esbozaron una sonrisa—. Se me ocurre algo que sí puedo hacer.

—¿Qué es? —inquirió el señor Poe.

El Conde Olaf miró a los tres huérfanos Baudelaire y obsequió a cada uno con una sonrisa, como si fuesen chocolatinas que estaba reservando para el momento oportuno. Entonces sonrió a la enorme criatura y, lentamente, sonrió al señor Poe.

—Puedo correr —dijo, y echó a correr.

El Conde Olaf corrió, con la enorme criatura tambaleándose detrás de él, en dirección a la pesada verja metálica.

–¡Vuelve aquí! –gritó el señor Poe sorprendido–. ¡Vuelve aquí en nombre de la ley! ¡Vuelve aquí en nombre de la justicia y la honradez! ¡Vuelve aquí en nombre de la Dirección de Dinero Decomisado!

–¡No puede quedarse aquí gritando! –exclamó Violet–. ¡Venga! ¡Tenemos que cogerles!

–Niños, no os voy a permitir que persigáis a un hombre como ese –dijo el señor Poe, y volvió a gritar–: ¡Detente, te digo! ¡Detente ahí mismo!

–¡No podemos dejar que se escapen! –gritó Klaus–. ¡Venga, Violet! ¡Venga, Sunny!

–No, no es trabajo para niños –dijo el señor Poe–. Klaus, espera aquí con tus hermanas. Yo los atraparé. No escaparán del señor Poe. *¡Vosotros, eh! ¡Deteneos!*

–¡Pero no podemos esperar aquí! –gritó Violet–. ¡Tenemos que meternos en un barco y buscar a Tía Josephine! ¡Quizás siga con vida!

—Vosotros estáis bajo mi cuidado —dijo el señor Poe con gravedad—. No voy a dejar que unos niños pequeños naveguen solos.

—Si no hubiésemos navegado solos —señaló Klaus—, ¡ahora estaríamos en las garras del Conde Olaf!

—Esa no es la cuestión —dijo el señor Poe, y empezó a caminar rápidamente hacia el Conde Olaf y la criatura—. La cuestión es...

Pero los niños no oyeron cuál era la cuestión, a causa del fuerte *¡slam!* de la verja metálica. La criatura la había cerrado de golpe justo cuando el señor Poe llegaba a ella.

—¡Detente inmediatamente! —ordenó el señor Poe a través de la verja—. ¡Vuelve aquí, asqueroso granuja! —Intentó abrir la pesada verja pero estaba cerrada con llave—. ¡Está cerrada! —gritó a los niños—. ¿Dónde está la llave? ¡Tenemos que encontrar la llave!

Los Baudelaire corrieron hacia la verja pero se detuvieron al oír un tintineo.

—Yo tengo la llave —dijo la voz del Conde Olaf

desde el otro lado de la verja–. Pero no os preocupéis. Pronto nos volveremos a ver, huérfanos. *Muy pronto.*

–¡Abre esta verja inmediatamente! –gritó el señor Poe, pero, claro, nadie abrió la verja.

La zarandeó una y otra vez, pero la verja metálica no se abrió. El señor Poe se dirigió corriendo a una cabina telefónica y llamó a la policía, pero los niños sabían que para cuando llegase ayuda el Conde Olaf estaría ya muy lejos. Los huérfanos Baudelaire, totalmente exhaustos y sintiéndose más que totalmente miserables, se sentaron tristemente justo en el mismo sitio donde les encontramos al principio de la historia.

Recordaréis que en el primer capítulo los hermanos Baudelaire estaban sentados encima de sus maletas y esperaban que sus vidas estuviesen a punto de mejorar un poquito, y me gustaría poder deciros ahora, al final de la historia, que así fue. Me gustaría poder escribir que el Conde Olaf fue capturado al intentar escapar, o que Tía Josephine, habiendo escapado milagrosamente de las Sanguijuelas de Lacrimógeno, fue nadando hasta el Muelle Damocles. Pero no fue así. Mientras los niños estaban sentados en el suelo mojado, el Conde Olaf ya estaba en mitad del lago, y pronto estaría a bordo de un tren, disfrazado de rabino para engañar a la policía, y siento deciros que ha estado tramando un nuevo plan para robar la fortuna Baudelaire. Y nunca podremos saber con exactitud qué le estaba ocurriendo a Tía Josephine, mientras los niños estaban sentados en el muelle, incapaces de ayudarla, pero os diré que al final —más o menos cuando los Baudelaire fueron obligados a ir a un horrible internado— unos pescadores encontraron los dos salvavidas de Tía Josephine hechos jirones y flotando en las tenebrosas aguas del Lago Lacrimógeno.

En la mayoría de historias, como sabéis, el villano es vencido y hay un final feliz y todo el mundo regresa a casa con la moraleja de la historia. Pero en el caso de los Baudelaire todo había ido mal. El Conde Olaf, el villano, no había tenido éxito con su malvado plan, pero tampoco había sido vencido. Está claro que no podríais decir que ha habido un final feliz. Y los Baudelaire no podían regresar a casa con la moraleja de la historia por la simple razón de que no podían regresar a su casa. No sólo la casa de Tía Josephine había caído al lago, sino que el verdadero hogar de los Baudelaire –la casa en la que habían vivido con sus padres– no era más que un montón de cenizas en un terreno baldío y ellos no podían regresar allí por mucho que lo deseasen.

Pero aunque pudiesen volver a casa, me sería difícil deciros cuál es la moraleja de la historia. En algunas historias es fácil. La moraleja de *Los tres osos*, por ejemplo, es: «No allanes nunca la casa de otra persona». La moraleja de *Blancanieves* es: «No comas nunca manzanas». La moraleja de la Primera Guerra Mundial es: «Nunca asesines al archiduque Fernando». Pero Violet, Klaus y Sunny se sentaron en el muelle y vieron salir el sol por encima del Lago Lacrimógeno, mientras se preguntaban cuál había sido exactamente la moraleja de su vida con Tía Josephine.

La expresión «vieron la luz» que estoy a punto de utilizar no tiene nada que ver con el sol iluminando el Muelle Damocles. «Vieron la luz» simplemente significa «comprendieron algo», y, mientras los huérfanos Baudelaire permanecían sentados y observaban el muelle lleno de gente porque estaba empezando el día de trabajo, comprendieron algo muy importante para ellos. Vieron la luz porque, al contrario que Tía Josephine, que había vivido allí arriba en aquella casa triste y sola, los tres niños se tenían unos a otros para reconfortarse y apoyarse en el transcurso de sus miserables vidas. Y, a pesar de que eso no les hacía sentirse completamente a salvo, o completamente felices, les hacía sentirse agradecidos.

—Gracias, Klaus —dijo Violet agradecida— por haber descifrado el mensaje de la nota. Y gracias Sunny por haber robado las llaves para poder coger el barco. A no ser por vosotros dos, ahora estaríamos en las garras del Conde Olaf.

—Gracias, Violet —dijo Klaus agradecido— por haber pensado en los caramelos de menta para ganar algo de tiempo. Y, gracias, Sunny, por haber mordido la pata de palo justo en el momento indicado. A no ser por vosotras dos, ahora estaríamos perdidos.

—Pilums —dijo Sunny agradecida.

Y sus hermanos comprendieron inmediatamente que estaba dándole las gracias a Violet por haber inventado la señal de socorro y a Klaus por haber estudiado el atlas y haberles guiado correctamente hasta la Cueva Sombría.

Se apoyaron unos contra otros agradecidos, y unas leves sonrisas aparecieron en sus rostros empapados y ansiosos. Se tenían los unos a los otros. No estoy seguro de que «los Baudelaire se tenían los unos a los otros» sea la moraleja de la historia, pero les bastaba a los tres hermanos. Tenerse unos a otros en medio de sus desdichadas vidas era como tener un barco de vela en medio de un huracán y eso, a los huérfanos Baudelaire, les parecía mucha suerte.

LEMONY SNICKET nació antes que tú, y lo más probable es que también la muerte le llegue antes que a ti. Auténtico erudito en análisis retórico, el señor Snicket ha dedicado los últimos años a investigar las peripecias de los huérfanos Baudelaire. Los resultados de su investigación están siendo publicados por Editorial Lumen.

BRETT HELQUIST nació en Ganado, Arizona (Estados Unidos); creció en Orem, Utah, y ahora vive en la ciudad de Nueva York. Obtuvo una licenciatura en Filosofía y Letras en la Brigham Young University y ha trabajado desde entonces como ilustrador. Sus trabajos han aparecido en numerosas publicaciones, entre las que cabe destacar la revista *Cricket* y *The New York Times*.

A mi querido editor:

Te escribo desde el ayuntamiento de Paltryville, donde he convencido al alcalde para que me deje entrar en el despacho en forma de ojo del doctor Orwell, y así poder seguir investigando lo que les ocurrió a los huérfanos Baudelaire mientras vivían en esta zona.

El próximo viernes habrá un jeep negro en la esquina noroeste del aparcamiento del Observatorio Orion. Entra. En la guantera encontrarás mi descripción de este terrible capítulo de la vida de los Baudelaire, titulado EL ASERRADERO LÚGUBRE, así como cierta información sobre hipnosis, una máscara de cirugía y sesenta y ocho chicles. También he incluido el plano de la «pincher machine», que creo será de utilidad para que el señor Helquist haga sus ilustraciones.

Recuerda que eres mi última esperanza de que finalmente las historias de los huérfanos Baudelaire puedan ser contadas al público.

Con todos mis respetos,

Lemony Snicket

Lemony Snicket